KB078328

박선우 장편소설

FUSION FANTASTIC STORY

기적의 환생

MIRACLE LIFE

기적의 환생 4

박선우 장편소설

초판 1쇄 찍은 날 § 2018년 8월 20일
초판 1쇄 펴낸 날 § 2018년 8월 27일

지은이 § 박선우
펴낸이 § 서경석

총괄팀장 § 최하나
편집책임 § 신보라

펴낸곳 § 도서출판 청어람
등록번호 § 제387-1999-000006호
등록일자 § 1999. 5. 31
어람번호 § 제1-2946호

주소 § 경기도 부천시 부일로 483번길 40 서경B/D 3F (우) 14640
전화 § 032-656-4452 팩스 § 032-656-4453
http://www.chungeoram.com
E-mail § chungeorambook@daum.net

ISBN 979-11-04-91810-0 04810
ISBN 979-11-04-91763-9 (세트)

박선우 장편소설

FUSION FANTASTIC STORY

기적의 환생

MIRACLE LIFE

4

도서출판

청어람

기적의 환생

MIRACLE LIFE

CONTENTS

제20장
예쁜 향기II

돈 킹은 커피를 음미하면서 텔레비전에서 나오는 복싱 특집 프로그램을 보고 있었다.

그가 가장 좋아하는 세인트 헬레나였다.

세인트 헬레나는 세계에서 가장 비싼 커피 중의 하나였는데 나폴레옹이 유배되었던 세인트 헬레나섬에서 소량만이 추출된다.

열대 과일의 상큼한 신맛과 달콤함이 그대로 들어 있는 이 커피를 돈 킹은 무척이나 사랑했다.

지금 텔레비전에서는 헌즈와 헤글러의 장단점을 분석하며

누가 이길 것인지 예상하는 프로그램이 진행되고 있었다.

입맛이 썼다.

세인트 헬레나의 그 향기로움도 화면을 보는 순간 쓰디쓴 약을 마신 것처럼 쓰게 느껴졌다.

이 빅게임은 대전료를 포함해서 모든 경비를 제하고도 최소 1,500만 달러를 벌어들일 수 있는 기회였으나 국세청이 지랄하는 바람에 밥 애런에게 뺏기고 말았다.

그러고 보면 인생이란 건 기회와 실패가 교차하면서 찾아오는 모양이다.

"그놈, 잘하고 있나?"

"예, 보스. 열심히 훈련하고 있습니다."

"끝내 도움을 받지 않겠다고 했다면서?"

"강철은 자기 트레이너진을 철석같이 믿고 있습니다. 그들만 가지고 충분하니까 전문가들의 도움을 받지 않겠다더군요."

"그러다 지면?"

톰슨의 대답에 돈 킹이 슬쩍 얼굴을 찌푸렸다.

백만 달러가 걸린 일이었다.

지금까지 밥 애런과 많은 내기를 했지만 최고 컸던 판돈이 30만 달러였음을 감안한다면 엄청나게 큰돈이다.

만약 최강철이 진다면 자존심과 함께 큰 판돈이 허공으로 날아간다.

"보스, 강철은 야수 같은 놈입니다. 3경기를 치렀을 때부터 케어 시스템을 가동시키려고 했으나 받지 않겠다면서 고집을 부렸습니다. 저로서는 이해할 수 없는 일이었지만 놈은 그게 필요 없다는 것을 언제나 결과로 말해줬습니다. 따라서 케어 시스템을 받아들이지 않은 것 때문에 불안할 이유가 없습니다. 지금 판돈을 걸라고 해도 저는 강철에게 걸 겁니다."

"속단할 일이 아니야. 라이언 캐슬러, 그놈도 야수다. 전적을 보면 모르겠어?"

"압니다. 그래도 강철은 해낼 겁니다."

"하아, 미치겠구만. 돈도 돈이지만 난 밥 애런, 그 새끼가 내 돈을 받으면서 비웃는 걸 상상하면 자다가도 벌떡 일어날 정도로 화가 나. 그러니까 반드시 이겨야 돼!"

"분명히 승산은 있습니다. 그리고 강철 그놈도 이 경기가 얼마나 중요한지 알고 있을 겁니다. 여기서 이기면 북미 랭킹에 곧바로 진입한다는 것을 알려줬으니까요."

"그랬더니 반응이 어때?"

"그놈 반응은 언제나 똑같습니다. 아무리 좋은 일이 있어도 강철은 활짝 웃는 법이 없습니다."

"언제 봐도 특이한 놈이야. 안 그래?"

"특이하죠. 평상시는 순하게 지내다가도 링에만 올라가면

야수로 돌변합니다. 그래서 복싱 팬들이 그놈의 경기에 환장하는 거죠. 벌써 복싱 매니아들에게 상당히 이름이 알려져 있습니다. 그놈이 메인 게임에 나타나기 시작하면 아마 폭발적인 반응이 일어날 겁니다."

"불안해서 한 말이야. 밥 애런 그 자식 때문에 신경이 곤두서서 그래. 나도 강철 그놈의 팬이다. 그놈은 사람의 심장을 뜨겁게 만드는 재주가 있거든. 이번에 이기면 화끈하게 밀어. 랭킹전 몇 번 가진 후에 곧바로 북미 타이틀에 도전시키는 시나리오를 짜봐. 그 자식이 타이틀을 획득하면 그때부터 진짜 커다란 돈이 들어올 테니까."

"알겠습니다. 그렇지 않아도 그럴 계획이었습니다."

"그놈 대전료가 다음 경기에서 리미트에 근접하더구만. 계약은 이제 1년 남았고. 맞나?"

"예, 보스."

"하아, 기가 막힌 일이야. 그놈 승리 수당이 20%였지, KO로 이기면 50%고?"

"예."

"하마터면 큰일 날 뻔했어. 리미트를 걸어놨으니 다행이지 아니었으면 기둥 뿌리 뽑힐 뻔했다."

"나중을 생각하면 그 정도는 아무것도 아니죠."

"북미 타이틀전까지 계약을 끝내도록 해. 놈이 이번 고비만 넘기면 우리한테 돈다발을 선물해 줄 거니까 차질 없도록 진행하란 말이야. 타이틀전을 선물로 주면 쉽게 넘어오지 않겠어?"

"그 친구는 한국 사람입니다. 한국인들은 정에 약하죠. 미끼를 주는 것보다 정으로 달래는 게 효과적일 겁니다."

"어쨌든 맡겨놓을 테니까 알아서 해. 괜히 다 키워놓고 놓치는 실수를 범하지 말란 말이야."

* * *

스포츠서울의 김도환은 뒤늦게 최강철의 이름을 확인하고 뜬 눈으로 밤을 새웠다.

헌즈 대 헤글러의 오픈 게임에서 그의 이름을 본 순간 온몸이 부들부들 떨려 정신을 차릴 수 없었다.

목구멍이 포도청이라고 각종 타이틀전을 쫓아다니느라 발바닥에 땀이 나도록 뛰어다녔기에 한동안 최강철이란 이름을 잊고 살았다.

미국으로 넘어간 후에도 가끔가다 통화를 시도했지만 연결이 안 되는 바람에 2년이란 시간이 지나면서 점점 그를 기억 속에서 지워갔다.

궁금하지 않았던 건 아니다.

처음 발견한 건 그였고 다른 사람들이 관심을 갖지 않을 때도 언제나 따라다니며 취재를 했기 때문에 최강철은 그에게 특별한 존재였다.

성공할 것이라 예상하고 있었으나 막상 그의 전적을 보자 탄성이 흘러나왔다.

7전 7KO승.

역시 최강철이다.

하지만 그가 이번 빅 이벤트에서 상대하는 선수의 전적을 확인했을 때 소름이 끼치는 걸 느꼈다.

상대 역시 막강한 전적을 보유했기 때문이다.

만약 이런 경기가 한국에서 벌어졌다면 박종팔, 라경민의 라이벌 매치 못지않은 인기를 끌었을 게 분명했다.

헌즈와 헤글러의 경기는 국내에서도 이슈가 될 만큼 빅 이벤트였기 때문에 생방송으로 위성중계가 될 예정이었다.

김도환이 흥분한 얼굴로 출장에 갔다 뒤늦게 출근한 편집 부장실로 정신없이 뛰어든 것은 점심시간이 훌쩍 지났을 때였다.

"부장님!"

"야, 숨 쉬어, 숨. 그러다가 죽어 인마."

"저, 미국에 보내주십시오."

"휴가 낸다고? 여행 갈 생각이냐?"

"하이고, 제 팔자에 여행은 무슨 여행을 가요. 출장 간다고요."

"미친놈. 이 자식아, 미국이 동네 개 이름이냐? 거길 네가 왜 가?"

"이것 보십시오."

김도환이 들고 있던 팩스 용지를 부장의 눈앞으로 불쑥 내밀며 중간 부위를 손가락으로 짚었다.

그러나 그의 용감한 행동은 편집부장 이도형을 놀래게 만들지 못했다.

"이게 뭐, 어쨌다고?"

"최강철이라고 쓰여 있는 거 안 보입니까?"

"보여, 그런데 그거하고 너 미국 가는 거하고 무슨 상관인데?"

"정말 최강철이 누군지 모르세요?"

"가만… 최강철. 아, 그 최강철!"

"맞습니다. 그 최강철이죠. 마크 브릴랜드를 쓰러뜨려 세계선수권대회를 말아먹고 아시안게임까지 쓸어버린 놈을 생각한 거라면 맞습니다."

"햐아, 이놈이 오픈 게임에 나온단 말이지?"

"컸습니다. 그동안 7연속 KO승을 기록하고 있어요. 더군다나 이번 게임은 상대도 만만치 않습니다."

"그래서?"

"일단 이것부터 오늘 저녁에 터뜨리죠. 최강철이 헌즈 대 헤글러의 오픈 게임에 출전한다는 것만으로도 충분히 화제가 될 겁니다. 다른 놈들은 몰라요. 이건 제가 직접 안면이 있던 토마스에게 받은 거거든요."

"좋구만."

"오늘 이거부터 터뜨리고 최대한 빨리 떠나겠습니다. 제가 방송국에 알아보니까 오픈 게임도 중계할 예정이랍니다. 늦으면 다른 놈들이 벌 떼같이 달려들 거예요."

"야, 미국 출장은 사장님한테 결재를 받아야 해. 갔다가 그놈이 깨지기라도 하면 우린 완전히 물 먹는 거야."

"대신 이기면 끝장나는 거죠. 우리가 단독으로 터뜨려 놓으면 독자들이 다음 소식을 눈 빠지게 기다릴 텐데 그런 특종을 놓칠 생각입니까?"

"하아, 이거 참……."

"얼른 사장님한테 보고하고 결정해 주세요. 국장님, 최강철이 자식은 제가 예전부터 관심을 가지고 지켜본 놈입니다. 이놈은 괴물이에요. 분명 대형 사고를 쳐줄 거란 말입니다."

*　　　　*　　　　*

똑같은 장소. 라스베이거스 시저스 팰리스 특설 링.

데뷔전을 치렀던 장소로 최강철은 시합 3일 전 일행과 함께 날아갔다.

위상이 달라진 건 럼블 측의 행동에서부터 나타났다.

데뷔전 때는 숙소만 예약해 주고 돈 쓰는 건 전혀 모른 체하던 럼블 측은 황인혜를 직접 동반케 해서 모든 편의를 봐줬다.

인생이란 이래서 재밌다.

이번 경기가 돈 킹에게 얼마나 중요한지를 단적으로 나타내는 행동이었고, 그가 이겼을 때 들어오는 돈의 크기가 다르다는 게 그들의 행동으로 증명되었다.

"인혜 씨, 렌트해야 되나요?"

"아뇨, LA 럼블 쪽에서 차를 보내온다고 했어요. 잠시만 기다리세요."

윤성호가 공항을 나서며 묻자 급하게 고개를 저은 황인혜가 여기서 꼼짝하지 말라는 신호를 보낸 후 급히 어디론가 걸어갔다.

기다림은 그리 길지 않았다.

검은색 세단.

황인혜가 가지고 온 것은 2대의 검은색 세단이었는데 한눈에 봐도 번쩍번쩍 빛나는 게 상당히 비싸 보였다.

"뭐 해요. 얼른 타요."

창문을 열고 황인혜가 소리치자 윤성호가 날름 그녀의 옆자리에 탔고 최강철과 이성일은 뒤차에 올랐다.

"강철아, 이 차 끝내준다."

이성일이 옆구리를 꾹꾹 찌르며 턱으로 앞을 가리켰다.

운전기사 옆으로 보이는 실내 장식이 무척이나 고급스러웠기 때문이다.

촌놈.

이 자식아, 이건 아무것도 아니야. 조금만 세월이 지나면 이런 고물차보다 무지막지하게 좋은 차들이 거리에 넘쳐날 거야.

속으로 말하며 놀란 눈으로 차 내부를 구경하는 이성일을 향해 빙그레 웃었다.

그들의 행선지는 시저스 팰리스호텔이었다.

몸이 달았구나.

지금까지 본체만체하더니 그 비싼 호텔을 예약해서 공짜로 지낼 수 있게 만드는 걸 보면 돈 킹이 이번 시합에 엄청난 관심을 보이고 있다는 뜻이다.

30분을 달려 시저스 팰리스호텔에 도착하자 벨 보이가 달려 나와 일행의 짐을 옮기기 시작했다.

처음 받아보는 대접에 이성일과 윤성호가 황홀한 표정을

마구 지었다.

하지만 그들의 표정은 호텔 객실에 올라가는 순간 까무러칠 것처럼 변했다.

호텔의 외관도 궁전을 연상시켰지만 아름답게 꾸며진 객실 내부는 황제들이 사는 것처럼 화려하고 고급스럽게 꾸며져 있었다.

"강철아, 이거 진짜 금인가?"

"설마, 금이겠냐. 누가 수도꼭지를 금으로 만들어."

"여기 엄청나게 비싼 호텔이잖아. 그러니까 금으로 만들어놨을지도 몰라. 깨물어볼까?"

"야, 깨물지 마. 이 나가, 인마."

최강철이 소리를 빽 질렀으나 벌써 이성일은 욕실 수도꼭지를 향해 이빨을 가져다 대고 있었다.

아이고, 저 멍청한 놈.

"잘 모르겠네. 금이면 이빨 자국이 나는 거지?"

"그만해. 야, 자꾸 깨물지 말라니까!"

"흐흐… 궁금하잖아."

"야, 이 촌놈아. 제발 좀 가만있어라. 내가 창피해서 살 수가 없어. 지금 인혜 누나 비웃는 거 안 보이냐?"

"키킥… 이거 비웃는 거 아냐."

"그럼 뭐예요. 지금 우리 촌놈들이라고 웃는 거잖아요."

"오해하지 마. 니들 둘이 하는 짓이 재밌어서 웃은 거니까."

"에고, 참 재밌기도 하겠네요."

"짐 풀고 잠시 쉬고 있어. 저녁 식사 알아보고 올 테니까 쉬면서 기다려. 알았지?"

"맛있는 거 준비해 줘요. 파스타나 그런 거 말고 영양 보충할 수 있는 거로요."

"알았어. 성호 씨, 뭐 해요. 따라 나오지 않고!"

"나도 가요?"

"그럼 심심하게 나 혼자 가란 말이에요?"

"아… 아, 그럴 리가 있나요. 얘들아, 기다리고 있어라. 얼른 갔다 올 테니까 씻은 다음에 조용히 저 침대에서 둘이 손잡고 누워 있어. 우리 갔다 올 동안 빨빨거리고 쏘다니면 안 돼. 여긴 갱들 천지란다."

"빨리 가기나 하세요. 인혜 누나 도끼눈 하고 기다리는 거 안 보여요?"

"저게 도끼눈이냐, 토끼 눈이지. 자식이 꼭 안 좋은 걸로 비교한다니까."

윤성호가 방문을 나섰다.

그는 줄에 매여 있는 순한 양처럼 황인혜의 뒤를 따라 부리나케 나갔는데 얼굴에는 즐거움이 가득 들어 있었다.

그 모습을 보면서 이성일이 한심하다는 듯 중얼거렸다.

"참 가엾게 사시는구만. 저래서 여자 마음을 얻을 수 있을까?"

"관장님이 어때서?"

"줏대가 없잖아, 줏대가. 여자는 말이야. 모름지기 남자다움으로 매력을 어필해야 되는데 우리 관장님은 하인처럼 행동하고 있단 말이지. 저래서는 인혜 누나 꼬실 수 없을 거야."

"이 자식아. 너나 잘해."

"난 전문가야. 여자 넘기는 데는 내가 관장님보다 백배 낫다."

"지랄한다."

"인마, 내가 영어만 유창하게 구사하면 여기 여자들은 전부 껌뻑 죽어. 어라, 웃어? 이놈이 내 말을 못 믿는 모양이네."

"씻기나 해. 냄새 나."

"크크크… 사나이의 몸에서 나오는 향기는 뇌쇄적이지. 어때 본격적으로 맡아볼래?"

"저리 안 비켜!"

이성일이 끌어안으려고 덤비자 최강철이 질색을 하며 도망갔다.

땡동, 땡동!

벨이 울린 것은 이성일이 낄낄 웃으며 씻기 위해 옷을 벗기 시작할 때였다.

옷을 벗던 이성일이 다시 옷을 껴입으며 최강철을 향해 눈 짓을 마구 던졌다. 난 못 나가니까 대신 나가보라는 신호였다.

하긴 빤스만 남기고 전부 옷을 벗어버린 이성일이 나가기엔 놈의 몰골이 너무 볼썽사나웠다.

"누구십니까?"

"강철아, 나다. 스포츠서울의 김도환이다."

상대의 정체를 확인한 최강철의 눈이 번뜩 치켜 떠졌다.

김도환, 보고 싶던 얼굴이었고 너무나 오랜만의 방문이었 다.

"김 기자님, 여긴 어쩐 일이세요?"

"어쩐 일은. 너 응원하러 왔지. 반갑다, 강철아!"

*   *   *

최우용은 아들의 사진이 신문에 나오는 걸 본 순간부터 몸 이 붕 뜬 것처럼 허둥거렸다.

그는 토목 광구 계약직 운전원을 그만두고 개인택시를 하 고 있었기 때문에 예전과 다르게 세상 돌아가는 일들이 익숙 해졌다.

택시에는 각양각색의 사람들이 탔는데 그들의 입에서는 별 별 소리가 다 흘러나왔다.

군사정권이 저지르는 패악은 물론이고 정치권 소식과 하루 건너 벌어지는 데모 이야기를 비롯해서, 각종 세상 소식이 전부 귀로 들어왔다.

그러고 보니 지금까지의 삶은 전부 귀머거리와 눈 먼 봉사로 살아온 것이나 다름없다.

데모하는 학생들은 전부 빨갱이고 군사정권은 나라를 구하기 위해 구국의 결단을 내린 애국자들이라고 생각했으니 얼마나 우스운 일인가.

아들의 소식을 들은 것도 손님들로 인해서였다.

처음에는 술 취한 손님들이 떠드는 소리에 무관심하려고 노력했으나 그들의 입에서 최강철이란 말이 나오자 귀가 번쩍 떠졌다.

"딸꾹, 신문 봤냐? 최강철이 요번 헌즈하고 헤글러 오픈 게임으로 나온다더라."

"걔가 누군데."

"왜 있잖아. 아시안게임에서 일본 놈 이기고 금메달 딴 애. 눈 쭉 찢어져서 피 흘리고……."

"아, 그놈. 그런데 그놈이 어떻게 거길 나와?"

"고등학교 졸업하고 미국 갔었대. 거기서 복싱 했던 모양이야."

"그렇구만, 그거 재밌겠네……. 그나저나 오늘 마누라 바가지는 어떻게 피하지. 이젠 핑계 댈 것도 마땅치 않은데 걱정이야."

"걱정도 팔자다. 직장인이 술 마시는 건 죄가 아냐, 인마. 다 지들 벌어 먹이려고 몸부림치는 건데 얻다 대고 바가지를 긁어!"

"제수씨한테 그렇게 말해봐라."

"난… 딸꾹, 늘 당당하게 산다. 크크… 아침 되면 밥을 못 얻어먹어서 탈이지만."

두 사람이 낄낄거리는 걸 보면서 최우용이 결국 참고 참았던 입을 열었다.

아들의 이름이 흘러나오는 순간부터 묻고 싶었으나 두 사람이 워낙 총알같이 떠들고 있었기 때문에 끼어들 틈을 찾기 어려웠다.

"저기, 손님."

"뭡니까. 벌써 다 왔어요?"

"아니, 그게 아니라 방금 최강철이 시합에 나온다고 하던데 그게 무슨 말씀이세요?"

"최강철… 그렇지 최강철. 왜 복싱 하던 애 있잖아요. 아시안게임 때 일본 놈 박살 냈던 고등학생. 걔가 이번 헌즈하고 헤글러가 시합할 때 나온대요."

"정말입니까?"

"아까 저녁 스포츠 신문에 나왔더라고요. 그런데 왜 그러세요?"

"아닙니다. 그냥 궁금해서요."

손님의 물음에 대답하지 않았다.

자신이 최강철의 아버지란 사실을 그들이 알면 어떻게 행동할지 예측할 수 없었고 그동안의 경험으로 봤을 때 술 취한 손님들과 이야기를 끌고 나가면 좋은 꼴을 보지 못한다는 걸 너무나 잘 알기 때문이다.

마음이 바빠지기 시작했다. 아들의 얼굴을 신문으로라도 볼 수 있다면 더 없이 기쁠 것만 같았다.

아들은 미국으로 건너간 후 두세 달에 한 번씩 전화를 해 왔지만 복싱에 관한 이야기는 전혀 꺼내지 않았다.

가족들도 마찬가지였다.

일종의 묵계.

아들과 동생이 가족들을 위해 팔려가듯 미국으로 간 사실이 그들에게는 커다란 짐으로 남아 있었으니까.

그럼에도 언제나 아들을 보고 싶었다.

그 선한 눈망울과 하얀 웃음이 들어 있는 얼굴을 다시 볼 수만 있다면 돈이고 뭐고 다 필요 없을 것만 같았다.

어떻게 지냈니, 아들아.

왜 이렇게 큰 시합을 치르면서 아무런 말도 안 했어. 혹시

아버지와 엄마가 걱정할까 봐 그런 거야?

그래도 그러면 안 되지, 이놈아.

네가… 우리 아들이 싸우는 걸 다른 사람들은 다 보는데 부모가 못 봤다면 남들이 뭐라고 그러겠냐, 이 불쌍한 놈아!

*   *   *

한국 사람들은 아시안게임에서 최강철이 일본의 히로키를 무차별적으로 폭격해서 쓰러뜨렸을 때의 흥분을 너무나 생생하게 기억한다.

비록 2년이란 시간이 지났으나 스포츠서울이 최강철에 관한 기사를 터뜨리자 그때의 기억을 되살린 사람들의 반응은 뜨거울 수밖에 없었다.

그것도 헌즈 대 헤글러라는 빅 이벤트의 오픈 게임이란 사실이 사람들을 들뜨게 만들었다.

대일물산의 김영호와 류광일도 그런 사람들 중의 하나였다.

그들은 아침이 되면 모여서 반드시 커피를 마셨는데 워낙 친한 사이였기 때문에 할 말 못 할 말 다 하는 사이였다.

"김 대리, 혹시 최강철 기억하냐?"

"너 신문 보고 묻는 거지? 나도 봤다, 그거."

"옛날에 최강철 끝내줬잖아. 아시안게임 때 말이야."

"맞아. 최강철 그 자식 완전히 폭격기였어. 난 그때 결승전 보면서 소름이 다 끼쳤다니까."

"미국 간다는 것까지 들었었는데 그동안 많이 컸더라. 확실히 펀치력이 좋은 놈이야. 벌써 7전 7KO승을 기록하고 있더구만."

"아마추어 전적이 어디 가겠어. 그래도 대단해. 미국 본토는 날고 기는 놈들이 쌔고 쌨다던데 벌써 7연속 KO승이라니 정말 기대된다."

"흐흐… 생각만 해도 즐거워죽겠네. 난 헌즈하고 헤글러 경기보다 그 경기가 더 기다려진단 말이야. 걔들이야 외국 놈들이지만 최강철은 우리나라 사람이잖아."

김영호가 비실거리며 웃었다.

완전 골수 복싱 팬인 그는 오래전부터 헌즈와 헤글러의 경기를 눈 빠지게 기다리고 있었는데 한순간에 말을 바꾸면서 최강철에 대한 기대감을 숨기지 않았다.

류광일이 슬쩍 눈을 치켜뜬 건 그의 태도가 어이없었기 때문이다.

"비교할 걸 비교해라. 아무리 그래도 그건 아니지. 어떻게 최강철을 걔들하고 비교해. 이제 막 걸음마를 시작한 놈인데. 그 자식 경기는 양념이고 헌즈 대 헤글러 경기가 진짜 아니겠어?"

"얘가 뭘 모르는 소릴 하고 있네. 이번에 나오는 라이언 뭐시긴가 그놈 전적 못 봤어? 9전 9KO승이라고. 둘 다 KO율이 100%야. 넌 살 떨리지 않냐. 그런 놈들이 붙는다는 게?"

"말이 그렇다는 거지. 누가 아니라고 했어. 당연히 기대는 되지. 최강철이 미국 본토에서 승승장구하고 있다는 뉴스 보고 내가 얼마나 즐거웠는데."

"그놈 잘만 크면 같은 웰터급이니까 헌즈나 레너드 이런 놈들하고 붙을 수도 있겠다. 안 그래?"

"햐아, 생각만 해도 좋네. 내 생전에 그런 일이 생긴다면 뒤도 돌아보지 않고 미국까지 달려가겠다. 하지만 그런 빅게임이 벌어질 수 있을까?"

"천지신명께 기도하면 그럴 수도 있을 거야. 뭐, 세상에는 불가능이라는 게 없잖아."

"어쨌든 며칠 안 남았으니까 같이 보자. 오케이?"

"복싱 구경은 꽃마차다방이 최고지. 거기 텔레비전이 화질도 좋고 화면도 커. 거기로 가자."

"일찍 가야 돼. 그때가 되면 바글바글할 테니까."

스포츠서울이 먼저 터뜨린 결과는 의외로 대단한 반응을 불러일으켜 한국 언론사들을 발칵 뒤집어 놓았다.

시합이 다가올수록 국민들의 반응이 점점 뜨거워졌기 때문이다.

뒤늦게 많은 언론사들이 미국으로 속속 날아갔고 스포츠
면은 헌즈 대 헤글러의 기사 못지않게 최강철에 대한 뉴스들
로 흘러넘치기 시작했다.

하지만 대부분의 뉴스는 수박 겉핥기에 불과해서 추측성
기사가 난무했을 뿐이다.

시합을 코앞에 둔 최강철을 만날 수 없었기 때문이다.

럼블 측은 철저하게 통제하면서 최강철의 신변을 보호했기
때문에 기자들은 먼발치에서 최강철이 움직이는 모습만 구경
한 게 전부였다.

그러나 유일하게 최강철의 인터뷰 기사와 최근 근황에 대해
서 송부한 사람이 있었으니 바로 김도환이었다.

김도환은 아예 최강철 일행과 숙식을 하면서 같이 움직였
는데 남들이 보면 코치진의 한 명이라고 오해할 정도였다.

선점이다. 그리고 정성이다.

한국에 있을 때부터 최강철을 따라다니며 취재하던 그의
정성이 뒤늦게 빛을 발하고 있었다.

                *   *   *

클로이는 벤치에 앉아 있는 수잔을 향해 달려왔다.

도서관 앞 벤치는 그녀들 삼총사가 자주 찾아 쉬는 곳이었는데 언제나 이 벤치 앞에서 만나 잠시 동안 수다를 떨다가 강의실에 들어가곤 했다.

　언제나 여유 있게 행동하는 클로이가 뛰어오자 수잔의 눈이 동그랗게 변했다.

　"왜 뛰어와. 무슨 일 있어?"

　"수잔, 이것 좀 봐."

　"어허, 예쁜 아가씨가 허둥대기는. 평소의 너답지가 않잖아. 그런데 웬 신문이야? 어디서 전쟁 났니?"

　"최강철, 최강철이 시합을 한대. 헌즈와 헤글러의 시합 오픈 게임으로."

　"그 사람이 누군데?"

　"왜 있잖아. 지영이가 말 걸었던 사람. 그 사람, 진짜 복싱 선수였나 봐."

　"정말! 어디, 어디 있는데?"

　클로이가 내민 신문을 뒤늦게 낚아챈 수잔이 부리나케 기사를 읽어나갔다.

　거기에는 최강철의 얼굴과 함께 라이벌전이 펼쳐진다는 소식이 전해지고 있었는데 기사에서는 그의 별명이 허리케인이라는 것까지 알려줬다.

　죽 읽어 내리자 최강철에 관한 것들이 소상하게 적혀져 있었다.

동양에서 온 갈색 폭격기.

기자는 엄청난 스피드와 펀치력으로 상대를 철저하게 부숴버리는 그의 인파이팅이 복싱 팬들을 열광시키기에 충분하다는 평가를 내리고 있었다.

사진이 흐려서 서지영이 말한 사람이란 단정을 짓지 못했지만 기사 말미에 적혀 있는 거주지가 뉴욕 외곽의 클리프턴이고 레드불스에서 훈련해 왔다는 걸 확인하는 순간 그가 맞다는 사실을 알아챌 수 있었다.

지영은 그가 뉴욕 외곽의 클리프턴에서 왔다고 말했었기 때문이다.

"클로이, 이걸 어쩌니?"

"뭘 어째."

"지영이도 알아? 이 사람이 복싱 선수가 맞다는 거 말이야."

"아직 모를 거야. 나도 오면서 우연히 버스에 있는 신문에서 봤으니까."

"휴우… 이게 뭔 일인지 모르겠네. 알려줘야겠지?"

"당연히 그래야지. 오해는 풀어줘야 되잖아."

"지영이 오늘따라 늦네."

"수잔, 우리 오늘 잘하면 맛있는 저녁 얻어먹을 수 있겠다. 그렇지 않니?"

"바보야, 그러지 마. 괜히 우리가 나서서 떠들면 지영이 오히려 위축될 수 있어. 걔 성격 알잖아. 우리 때문에 잘될 일도 망칠 수가 있다고."

"헹… 말도 안 되는 소리. 운명적인 사랑을 이어주는데 왜 망쳐. 그건 괜한 걱정이야."

"하여간 말이 안 통해요, 말이. 그나저나 이 사람, 정말 잘하나 봐. 전적이 엄청 좋네."

"웰터급의 신성이라잖아. 그러니까 헌즈와 헤글러가 싸우는 데 나오는 거겠지."

"내일 게임 정말 재밌겠는데. 그 사람들 경기만 가지고도 몸이 으슬으슬 떨리는데 최강철까지 나온다니까 더욱 기대가 된다. 안 그러니?"

"우리 톰네 집으로 가자. 거기서 전부 모여서 본다고 그러더라."

"호호… 복싱 보고, 임도 보고 그러자는 거지?"

"싫어?"

"싫기는, 너무 좋아서 그래. 톰 친구 마이클도 왔으면 좋겠다."

"지영이도 같이 가자고 그러자. 아무리 복싱이 싫어도 최강철이 나온다면 가지 않겠어? 난 걔가 어떤 반응을 보일지 너무 궁금해."

"야, 조용히 해. 지영이 온다!"

벤치에 앉아 떠들던 그녀들의 눈에 서지영이 다가오는 게 보였다.

오늘따라 하얀 원피스를 입고 걸어오는 그녀의 모습이 밝은 햇살과 어울려 더없이 아름답게 보였다.

손을 흔들었다. 친구들을 보자 그녀는 반갑게 손을 들고 다가왔는데 아무것도 모르는 눈치였다.

"지영, 어서 와."

"아직도 시간이 20분이나 남았네. 우리 커피 한잔하고 들어갈까?"

"그것보다 알려줄 게 있어."

"뭔데?"

"그 사람 있잖아, 최강철. 신문에 나왔는데 정말 복싱 선수였어. 여기 크게 나왔어."

클로이가 눈치를 보면서 신문을 건네자 서지영의 얼굴이 순식간에 굳어졌다.

흐릿한 사진이었으나 신문에 나온 사진이 최강철이란 걸 단숨에 알아챈 그녀의 손이 살며시 떨리기 시작했다.

말을 붙일 수가 없었다. 기사를 읽어 내려가는 모습이 너무나 경직되어 있었기 때문에 클로이와 수잔은 신문만 넘겨준 채 그녀의 반응을 지켜만 볼 뿐이었다.

화려한 조명.

그리고 경기장을 가득 메운 관중들의 함성.

메인 경기가 시작되는 순간이 다가오자 시저스 팰리스호텔 특설 링은 사람들로 가득 들어차 빈곳이 보이지 않았다.

VIP석에는 할리우드의 스타들이 대거 모습을 드러냈고 스포츠 스타는 물론, 가수들과 정치인들, 심지어 아랍의 왕자들까지 자리를 차지한 채 경기가 시작되기를 기다리고 있었다.

2만 6천의 관중. 정말 구름 같은 관중들이었다.

언더 카드 경기까지 끝났기 때문에 이제 남은 경기는 메인 게임 2경기와 복싱 팬들이 간절히 기다려 온 빅 이벤트만 남아 있는 상태였다.

진행 요원의 안내를 받으며 최강철은 가볍게 목을 좌우로 꺾고 복도를 따라 경기장으로 향했다.

그가 나타나서 링을 향해 걸어가는 순간 관중들의 입에서 엄청난 함성이 터져 나왔다.

어떤 사람들은 허리케인을 연호하고 있었는데 최강철의 별명이다.

신기하다.

많은 사람이 자신을 알아보고 환호성을 보낸다는 사실이 신기하면서도 즐거웠다.

당당하게 걸으며 자신에게 다가오는 카메라를 향해 가볍게 손을 들어주었다.

나는 긴장하지 않았다.

오늘 이 경기는 전 세계 복싱 팬들에게 나의 진면목을 보여주기 위한 서막일 뿐, 링에 마주 선 자를 두려워하는 자리가 아니었으니 가벼운 웃음이 피어났다.

누군가가 그랬지. 상대하는 것만으로도 모골이 송연해지는 강자가 되어달라고.

그래준다. 허리케인은 모든 것을 삼켜 버리는 바람이니까 반드시 그렇게 될 것이다.

김영호와 류광일이 꽃다방에 모습을 드러낸 것은 아침 7시 반이었다.

텔레비전 중계가 8시부터라고 했기 때문에 마누라한테는 목욕 간다며 새벽같이 나왔지만 이미 꽃다방은 사람들로 바글거리는 중이었다.

그나마 다행이다.

뒤쪽에 자리를 간신히 잡고 쌍화차를 시킨 다음 노닥거리며 시간을 보냈다.

그러고 보면 복싱에 미친놈들이 많다.

물론 그들도 마찬가지였으나 한국에는 복싱이라면 사족을

못 쓰는 놈들 천지였다.

얼마나 시간이 지났을까.

뺌빠라 뺌빠라… 뺌빠라 뺌빠…….

특집 방송을 알리는 음악 소리.

복싱 팬들에게 가장 인기 있는 MBC 복싱의 로고송이 흘러나오며 아나운서와 캐스터가 모습을 드러내자 시끄러웠던 다방 안이 순식간에 정적에 사로잡혔다.

너무나 익숙한 얼굴들. 이종엽과 윤근모였다.

복싱을 좋아하는 사람이 그들의 얼굴을 모르면 간첩이다.

이종엽과 윤근모는 오랜 세월 호흡을 맞추며 고정 프로그램인 MBC 복싱을 진행했고 각종 타이틀전을 생방송했기 때문에 복싱 팬들이라면 누구나 아는 사람들이었다.

—전국에 계신 시청자 여러분, 지금부터 헌즈 대 헤글러, 헤글러 대 헌즈가 벌이는 세기의 대결을 미국으로부터 직접 위성중계 방송해 드리겠습니다. 윤 위원님, 이 두 선수의 대결은 오래전부터 화제를 몰고 왔는데요, 이번 경기 어떻게 생각하십니까?

—현지에서 들어온 소식에 따르면 전문가들과 도박사들이 전부 5 대 5로 예측하고 있다네요. 그만큼 박빙의 승부가 될 거란 이야기죠. 워낙 강한 펀치를 가진 선수들이라 저도 섣불

리 예측하기 힘든 상황입니다.

　─오늘 경기에는 또 하나의 화제가 있죠. 바로 우리나라의 최강철 선수가 오픈 게임으로 출전한다는 건데요. 최강철 선수에 대해서 소개해 주시죠.

　─최강철 선수는 아마추어 복싱에서 국내에서는 물론이고 전 세계적으로도 쉽게 깨지지 않을 정도로 엄청난 전적을 보유했던 선숩니다. 38전을 싸워 무려 37KO승을 기록했으니 당분간 깨지지 않을 기록을 세웠죠. 세계 선수권과 아시안게임까지 재패했다는 건 이미 기사를 통해 아실 거라고 생각합니다. 미국으로 건너가서도 7연속 KO승을 거두고 있는 하드펀처고 테크닉도 훌륭한 선수입니다.

　─아, 이게 어떻게 된 일입니까! 말씀드리는 순간 최강철 선수가 입장하고 있는 것 같습니다. 시청자 여러분, 죄송합니다. 경기 전에 미리 많은 이야기를 나누고 싶었는데 현지 영상 송출 시간과 중계 시간에 차질이 생긴 것 같습니다. 당당한 모습입니다. 최강철 선수, 동쪽 통로를 통해 들어오고 있습니다……

　화면이 바뀌며 캐스터의 말대로 최강철이 통로를 따라 들어오는 모습이 보였다.

　그러자 새벽부터 기어 나와 꽃다방 앞자리를 차지한 놈들

몇이 더 자세히 보기 위해 고개를 길게 빼 들며 소리를 치기 시작했다.

아이, 저런 쌍놈의 새끼들.

이렇게 많은 사람이 지켜보는데 예의가 없어, 예의가.

"어이, 거기. 대가리 좀 치워요. 뒷사람들 안 보이잖아!"

최강철이 링에 오르는 모습을 보면서 링 사이드에 앉아 있던 돈 킹이 침을 꿀꺽 삼켰다.

그와 맞은편 링 사이드에 앉아 있는 밥 애런은 참모들과 밝은 웃음을 짓고 있었는데 자신감이 가득 들어차 있는 모습이었다.

"톰슨, 저 새끼 표정이 기분 나쁘구만."

"전문가들이 비교 평가 하면서 라이언 캐슬러가 이길 거란 전망을 내놨답니다. 아마 그것 때문에 기분이 한껏 고무된 것 같습니다."

"웃기고 자빠졌네."

"사실 걱정되긴 합니다. 라이언 캐슬러의 훈련량이 강철보다 훨씬 많았으니까요. 더군다나 케어 시스템이 가동되면서 장단점 분석이 완벽하게 되어 강철의 스타일을 너무나 잘 알고 있어요. 완벽하게 승리할 수 있는 대비책을 마련했다는 소문이 돌고 있습니다."

"그런 소문은 경기 때마다 나오는 거잖아. 그래, 강철 쪽은 어떤가?"

"쉽게 말해주지 않지만 나름 대비책을 마련해서 나온 것 같습니다. 강철의 트레이너진도 꽤 하기 때문에 지켜봐야 될 것 같습니다."

"라이언 캐슬러가 나오는구만."

사람들의 환호성 소리에 돈 킹의 고개가 돌아갔다.

그의 말대로 서쪽 통로를 통해 라이언 캐슬러가 모습을 드러내고 있었는데 관중들의 함성은 최강철이 입장할 때보다 배는 더 커졌다.

"하여간 우리나라 놈들은 문제가 있어. 미국 우월주의에 너무 빠져 있단 말이야."

"관중들의 반응이 중요한 건 아니죠. 강철은 매번 이런 경우를 당해왔지만 언제나 이겨 왔습니다."

"아… 속 타. 거기 물 좀 줘봐."

"강철을 믿으십시오. 이번에도 그는 반드시 해낼 겁니다."

백인, 그것도 꽤 잘생긴 얼굴이다.

관중석에 있는 여자들이 비명을 질러가며 라이언 캐슬러의 이름을 연호하고 있는 것은 분명 그의 외모가 한몫했을 것이다.

거기다가 압도적인 KO 연승 행진을 벌이고 있으니 고정된 팬이 상당한 모양이다.

도발이냐?

라이언 캐슬러가 주먹을 번쩍 치켜들었다가 주먹을 내미는 모습을 보며 최강철이 씨익 웃어주었다.

놈은 이번 시합에서 15만 달러를 받는다고 들었는데 오히려 자신보다 적다.

그만큼 자신의 계약이 좋았다는 뜻이다.

눈을 돌려 링 사이드를 바라보자 톰슨과 함께 자리에 앉아 있던 돈 킹이 주먹을 불끈 쥐면서 화이팅을 외치는 게 보였다.

이유야 무엇이 되었든 돈 킹은 자신의 승리를 원하는 프로모터였고 그의 돈줄이기도 했으니 가볍게 손을 들어 그의 응원에 반응해 주었다.

메인 매치에 앞서 벌어지는 오픈 게임이라 특별한 행사는 없었다.

유명한 놈들을 소개하면서 시간을 끌거나 국가를 부르는 짓은 하지 않았기에 최강철은 자신의 전적을 소개하는 장내 아나운서의 목소리를 코너에 서서 지켜볼 뿐이었다.

라이언 캐슬러는 최강철을 소개하는 동안 코너에서 펄쩍거리며 몸을 풀고 있었는데 코치진과 연신 웃고 떠드는 중이었다.

"여러분 소개하겠습니다. 홍 코너, 키 178㎝, 몸무게 67㎏, 7전 7승 7KO승. 한국에서 온 허리케인, 최. 강. 철!"

참, 소개도 간단하다.

그런 생각을 하면서 장내 아나운서의 손짓에 따라 링 중앙으로 나가 가볍게 손을 들어 인사한 후 코너로 돌아왔다.

그러자 윤성호가 인상을 바짝 쓰면서 소리를 질렀다.

"저 새끼 표정이 맘에 안 들어. 우리를 샅샅이 훑었다더니만 뭔가 확실하게 준비한 모양이다."

"우리도 준비했잖습니까."

"그렇긴 하지만 왠지 찜찜해. 뭘 준비했는지 일단 봐야겠어."

"복싱은 준비한 대로 되지 않는다는 거 잘 아시면서 그래요. 어쩌면 우리도 준비한 걸 쓰지 못할 수 있어요. 저놈도 마찬가지고요."

"강철아, 이번 경기 중요해. 그러니까 신중하게 가자."

"압니다. 걱정하지 마세요."

무슨 이야긴지 너무나 잘 안다.

100% KO율을 자랑하는 놈이기에 걱정하는 것이겠으나 신중하게 해야 할 놈은 내가 아니라 저놈이다.

두 경기 더 치렀다고 해서 라이언 캐슬러가 자신보다 강할 거란 생각은 한 번도 해본 적이 없었다.

훈련도 마찬가지였다.

비록 그가 훈련량이 많았다고 하지만 자신은 이제 피지컬이 완성되면서 훈련량의 의미가 상당 부분 퇴색된 상태였다.

라이언 캐슬러의 소개가 끝나자 관중들의 함성이 폭탄처럼 터져 나왔다.

그에 대한 응원과 곧 경기가 시작된다는 기대감이 그들을 흥분시킨 게 분명했다.

레프리의 신호에 맞춰 링의 중앙으로 걸어 나가자 라이언 캐슬러가 다가오며 불쑥 입을 열었다.

"노랭이, 3라운드 안에 끝내줄게."

"닥쳐, 이 자식아."

최강철이 눈을 부릅뜨며 라이언 캐슬러를 노려봤다.

노랭이. 동양인을 부르는 비속어로 미국 우월주의를 상징하는 대표적인 단어였다.

최강철의 반응에 라이언 캐슬러가 비웃음을 지으며 도발했지만 레프리는 경기 진행에 대한 설명만 할 뿐 제지할 생각이 없는 것 같았다.

때앵!

공이 울리는 순간 링의 중앙으로 천천히 걸어 나갔다.

손을 들어 인사를 하려는 생각은 중간에서 멈췄다. 라이언 캐슬러가 번개같이 레프트 스트레이트를 던져왔기 때문이다.

슬쩍 스토핑으로 차단하고 몸을 앞으로 내밀며 강력한 라이트 훅을 관자놀이를 향해 갈겼다.

같은 선상에서 벌어진 공격.

너는 내가 너의 펀치력 때문에 아웃복싱을 할 거라 생각했다면 그건 오산이다.

나는 너의 펀치를 두려워하지 않거든.

최강철의 라이트 훅이 관자놀이를 향해 무서운 속도로 날아오자 라이언 캐슬러의 허리가 반쯤 접히며 곧장 라이트 보디 공격이 왼쪽 옆구리를 향해 날아왔다.

반응이 빠르다.

오랜 시간 훈련을 해왔다더니 공격이 실패했다는 걸 느끼자 즉시 더킹을 작동시킨 후 반격을 가해왔다.

암 블로킹으로 차단하면서 몸을 더욱 바짝 끌어당겼다.

그러자 라이언 캐슬러의 얼굴이 보름달만큼 크게 눈앞으로 다가왔다.

놀랐어?

이 자식아, 이게 우리가 준비한 전략이야.

상대의 몸이 가슴으로 부딪혀 오자 최강철의 양쪽 훅이 옆구리를 때린 후 곧장 몸통으로 라이언 캐슬러의 가슴을 들이박았다.

전진.

물러서는 라이언 캐슬러를 향해 최강철의 원투 스트레이트가 빛살처럼 터졌다.

미처 균형을 잡지 못한 상태였으나 라이언 캐슬러는 그 짧은 순간 가딩을 바짝 올려 최강철의 공격을 막아냈다.

하지만 그게 다가 아니다.

물러서는 상대를 따라 들어간 최강철의 라이트 스트레이트가 또다시 터졌다.

선제공격.

적의 주 무기인 레프트 스트레이트를 잡기 위해 윤성호가 짜낸 전략 중 첫 번째 것이었다.

윤성호의 전략은 간단했다.

아웃복서에게 라이언 캐슬러가 더욱 위력적이라는 사실을 간파하고 처음부터 뒤로 물러서지 말라는 주문을 했는데 그 선결 조건이 바로 이 라이트 스트레이트였다.

적의 장점을 완전 차단 하고 나의 장점으로 우위를 만드는 전략이다.

그리고 그 전략이 얼마나 효과가 있는지는 금방 눈으로 나타났다.

뒤로 물러서던 라이언 캐슬러의 얼굴이 최강철이 기습적으로 던진 라이트 스트레이트에 걸리며 뒤로 반쯤 젖혀졌다.

일그러지는 표정.

의외의 상황에 당황한 라이언 캐슬러의 표정이 싸늘하게 변하며 물러서던 몸을 멈추고 반격을 가해왔다.

이성일의 분석처럼 라이트가 좋다.

레프트를 던질 것처럼 페이크를 건 후 곧바로 스트레이트와 보디 공격이 연환되며 나왔는데 블로킹으로 막았어도 묵직한 충격이 전해져 왔다.

그러나 의외로 다시 물러선 것은 라이언 캐슬러였다.

놈의 라이트가 왼쪽을 두들길 동안 최강철의 속사포 같은 레프트 훅이 마주 달려 나가는 기관차처럼 라이언 캐슬러의 오른쪽을 공략했기 때문이다.

두 번째 전략.

콰앙, 쾅, 쾅!

물러서지 않고 맞서 싸우는 펀치 세례로 인해 양쪽 선수들의 몸에서 풍선 터지는 소리가 연신 새어 나왔다.

최강철은 경기가 시작된 후 지금까지 한시도 물러서지 않고 힘으로 라이언 캐슬러를 찍어 누르며 전진했다.

승리를 위해서는 더 좋은 방법도 있을 테지만 이번 경기만큼은 전 세계인들에게 자신을 선보이는 자리였으니 충격적이고도 화끈한 시합을 보여줄 생각이었다.

라이언 캐슬러의 펀치도 빨랐지만 최강철의 펀치 스피드는 그보다 적어도 한 배 반은 더 빨랐다.

머리를 맞대고 싸웠음에도 계속 손해를 본 건 최강철의 펀치가 훨씬 많이 나왔기 때문이다.

이미 관중들은 난리가 난 상태였다.

불과 경기를 시작한 지 2분밖에 지나지 않았는데 두 선수가 머리를 맞댄 채 불같은 펀치들을 교환하자 흥분에 겨워 마구 고함을 지르기 시작했다.

그냥 그런 선수들의 접근전이 아니라 KO승률 100%인 선수들의 난타전이었기에 더욱 흥분했을 것이다.

라이언 캐슬러가 미친 듯이 주먹을 날려왔으나 최강철은 계속 밀면서 조금씩 전진해 나갔다.

언뜻 보기에는 일진일퇴의 경기로 보였겠지만 언제나 전장에서 밀려나고 있는 건 라이언 캐슬러였다.

"잘 싸웠다. 선제공격을 때려 막으니까 반쯤 맛이 가는구만. 네 생각은 어때?"

"놈은 이제 레프트 스트레이트를 먼저 꺼내지 못할 겁니다. 계속 당했으니까요."

"그렇지, 라이트는 견딜 만해?"

"충분합니다. 몇 대 맞았지만 결정적인 건 전부 피했거든요."

"느낌은?"

"싸늘합니다. 아직 꺼내지 않은 것 같아요. 하지만 계속 밀리면 결국 준비한 걸 꺼낼 수밖에 없겠죠."

"잘 봐. 저 자식 펀치력이 워낙 세서 방심하면 큰일 나."

"걱정 말아요."

윤성호의 당부에 최강철이 고개를 끄덕이자 이번에는 이성일이 급히 나섰다.

"강철아, 저 자식 스텝이 아까부터 자꾸 신경 쓰여. 그거 잘봐. 움찔움찔하는 게 이상해."

"그래?"

"왼쪽으로 돌 때 레프트 훅이 나왔다. 못 봤어?"

"글쎄?"

"저놈 아무래도 레프트 훅을 특화시켜 놓았다는 느낌이 들어. 결정적인 순간에 꺼내 쓸 것 같단 말이야."

레프트 훅이라.

가만히 생각해 보니 1라운드에서 딱 한 번 레프트 훅이 나왔던 것 같기도 했다.

라이언 캐슬러의 경기 장면을 여러 번 돌려봤지만 레프트 훅을 쓰는 경우는 거의 없었는데 이성일이 그걸 정확히 봤다면 확률이 높아진다.

자신이 접근전을 하면서 콤비네이션을 꺼내 들지 않은 것은 놈의 주 무기인 레프트 스트레이트를 경계하기 위함이었다.

하지만 레프트 혹이라면 이야기가 달라진다.

스트레이트의 천적은 혹이었고 혹이 제대로 터지면 맨주먹과 다름없는 8온스 글러브의 파괴력으로 봤을 때 커다란 대미지를 입게 될 것이다.

하지만 두렵지는 않다.

자신의 전신은 투지로 모공에 있는 털이 전부 곤두선 상태였고 감각은 새파랗게 벼려진 칼처럼 날카로웠으니 라이언 캐슬러가 어떤 짓을 해도 두렵지 않았다.

*   *   *

"그래, 밀어. 밀라고!"

"저 새끼 충격받았어. 뒤로 밀리잖아."

"아냐, 아직 괜찮은가 봐. 씨발 놈이 밀리면서도 미친놈처럼 펀치를 날리잖아. 환장하겠네. 곱상하게 생긴 놈이 맷집도 좋구만."

"좋아, 그렇지. 죽여라, 최강철!"

"조금만 더 밀어. 그래, 바로 그거야!"

꽃다방은 난리가 났다.

5회까지 진행되는 동안 두 선수가 링의 중앙에서 부딪치며 미친 듯이 펀치를 날렸기 때문에 다방을 꽉 채운 손님들은 전부 일어나 소리를 지르고 있는 중이었다.

정말 피가 끓게 만드는 경기였다.

최강철은 경기가 시작된 후 단 한 발도 물러서지 않고 인파이팅을 펼쳤는데 언제나 클린히트를 허용하며 뒤로 밀리는 것은 라이언 캐슬러였다.

그랬기에 목이 쉴 정도로 고함을 질렀다.

로프나 코너에 몰아넣고 일방적으로 두들긴 경기는 아니었으나 최강철의 인파이팅은 라이언 캐슬러를 압박하며 수시로 안면을 흔들고 있었다.

"야, 잠깐 쉬자. 힘들어죽겠다."

공이 울리자 김영호가 엉덩이를 소파에 내려놓으며 물을 벌컥벌컥 들이마셨다.

그건 류광일도 마찬가지였는데 소파에 앉은 그의 모습이 녹초처럼 흐트러졌다.

"김 양아, 우리 콜라 한 잔씩 줘라."

마침 지나가는 종업원을 향해 소리를 질렀다.

이런 때는 시원한 음료수를 마셔줘야 다시 기력을 차릴 수 있다.

"김 대리, 이러다 사람 죽겠다. 저놈 정말 미친 거 같지 않냐?"

"그러게 말이야. 어떻게 5라운드 내내 저렇게 싸울 수 있지. 라이언인가 뭐시기가 질려서 쩔쩔매잖아."

"그런데 이상해. 왜 휘청하는 걸 보면서도 끝장을 보지 않는 걸까?"

"그거야 저놈 펀치력 때문 아니겠어? 9연속 KO승을 기록하고 있는 놈이잖아. 그러니 안전 운행을 하는 거야."

"하이구, 말도 안 되는 소릴 하고 계시네. 그런 놈이 저렇게 미친 듯이 몰아붙이냐. 저게 안전 운행 하는 놈이냐고!"

"자식아, 네가 복싱을 몰라서 그래. 최강철은 말이야, 지금까지 맞은 게 별로 없어. 왜 그런지 알아?"

"왜 그러는데?"

"절제하고 있단 말이다. 완벽한 가딩 상태에서 적의 방어를 깨는 공격만 하고 있는 거라고! 쥐뿔도 모르면서 까불고 있어."

두 사람이 투닥거리는 사이에 다시 공이 울리자 자리에 앉았던 사람들이 다시 일어나는 게 보였다.

편하게 볼 수가 없다.

최강철이 공이 울리는 순간 바람처럼 접근하며 라이언 캐슬러를 두들겼기 때문이다.

"아, 거 씨발, 대가리 좀 치우라니까. 안 보이잖아!"

이종엽의 음성은 라운드가 끝났어도 아직까지 가라앉지 않았다.

워낙 소리를 질렀기 때문인데 그만큼 격렬한 시합이었다.

이런 경우는 처음이다.

위성중계를 받아서 방송한 것이 10번도 넘었으나 6라운드 내내 자리에서 일어나 소리를 지른 건 이번이 처음이다.

"윤 위원님, 대단한 경기입니다. 관중들이 전부 일어서서 앉지 못하는군요. 6라운드 경기 어떻게 보셨습니까?"

"이번 라운드도 최강철 선수가 이겼습니다. 라이언 캐슬러는 인파이팅에서 최강철 선수의 공격에 많이 당했어요. 지금 상태는 멀쩡해 보이지만 속으로 골병이 들어가고 있을 겁니다."

"워낙 대단한 펀치력을 가진 선수들이라 초반에 경기가 끝날 것이라 예상했는데 벌써 6라운드가 지났습니다. 이렇게 치고받는데도 다운 한 번 나오지 않는 이유가 뭘까요?"

"워낙 양 선수가 방어력이 좋습니다. 수도 없이 많은 펀치가 나오고 있지만 연속으로 정타를 허용하지 않기 때문입니다."

"최강철 선수는 클린히트를 많이 때렸잖습니까?"

"그렇죠. 하지만 방금 말씀드린 대로 연타가 나오지 않고 있어요. 라이언 캐슬러가 버티고 있는 건 그런 이유입니다. 참 아쉬운 장면이 많았어요. 더 강하게 밀어붙였다면 끝낼 수도 있었을 텐데 의외로 최강철 선수가 조심을 많이 하는군요."

"상대의 주먹을 경계하는 거겠죠?"

"그럴 겁니다. 라이언 캐슬러의 테크닉은 상당히 훌륭하군 요. 더군다나 예리하게 나오는 레프트 스트레이트와 라이트 더블펀치가 상당히 강력해 보입니다. 아마 많은 선수가 저 선수의 레프트 스트레이트에 당했을 거로 생각되는군요."

"최강철 선수의 체력이 걱정되는데요. 위원님이 보시기에 어떻습니까?"

"아직 괜찮은 것 같습니다. 눈망울이 또렷하고 호흡이 정상이에요. 얼굴에 붉은 기운이 없는 게 체력에는 문제가 없어 보입니다."

"아, 말씀드리는 순간 7라운드가 시작됩니다. 시청자 여러분, 최강철 선수를 응원해 주십시오. 더 힘을 내서 라이언 캐슬러를 이겨주기를 간절히 바랍니다."

이종엽이 먼저 일어섰고 윤근모가 그 뒤를 따르며 마이크에 대고 다시 소리를 지르기 시작했다.

라운드가 시작되자마자 최강철이 링 중앙으로 뛰어들며 강력한 라이트 스트레이트를 날렸기 때문이다.

7라운드.

시합은 중반을 훌쩍 넘어서고 있었다.

그동안 최강철은 끝없이 진격하면서 라이언 캐슬러를 두들겨 팼으나 결정적인 순간에는 공격을 멈추고 뒤로 물러섰다.

하나는 라이언 캐슬러가 지닌 비장의 무기가 뭔지 아직 드러나지 않았고 또 하나는 지금 광란에 빠져 있는 관중들에게 자신을 완벽하게 각인시키기 위함이었다.

2만 6천에 달하는 관중들은 경기가 시작된 후 지금까지 자리에 앉을 수 없었다.

그만큼 그들의 심장을 달굴 정도의 난전을 그가 유도했기 때문이다.

6라운드 후반부터 라이언 캐슬러의 호흡이 서서히 거칠어지는 게 느껴졌다.

하지만 지금은 아니다.

복싱 선수의 호흡은 잠시만 휴식을 취해도 금방 원 상태로 회복되는 경우가 많았는데 펀치를 날려오는 라이언 캐슬러의 현 상태가 그랬다.

그가 이렇게 곧 바로 호흡을 되돌릴 수 있는 건 훈련량이 그만큼 많았다는 것을 의미하는 것이었다.

이제 시간이 되지 않았나, 라이언.

이렇게 얻어맞으면서도 아직 꺼내지 않은 건 원래부터 없었던 것이냐, 아니면 더 좋은 기회를 노리고 있는 것이냐.

아직까지 눈빛이 살아 있는 걸 보니 후자다.

놈의 얼굴은 자신의 펀치로 인해 잘생긴 얼굴이 여기저기 시뻘겋게 부어올라 있었지만 아직 눈빛은 생생하게 살아 있었다.

맷집이 강한 이유도 있지만 치명적인 공격을 하지 않았기 때문이다.

최강철이 접근하자 습관처럼 라이언 캐슬러의 레프트 스트레이트가 날아왔다.

트릭이다. 이놈의 지금 공격은 라이트를 적중시키기 위한 예비 동작에 불과했다.

그랬기에 왼손으로 얼굴과 옆구리를 동시에 커버링하면서 반격을 가하려는 순간 전혀 예상치 못했던 공격이 나왔다.

바로 이성일이 우려했던 레프트 훅이 교환되듯 다시 빠져나와 비어 있는 최강철의 안면에 작렬했던 것이다.

아, 이런 젠장… 더블펀치였구나.

스트레이트에 이은 훅의 연사가 놈이 새롭게 준비해 온 비장의 무기였던 모양이다.

천부적인 반사 신경으로 머리를 돌렸으나 라이언 캐슬러의 훅이 관자놀이에 꽂히는 순간 정신이 멍해질 정도의 충격이 몰려왔다.

불행 중 다행이다.

고개를 비틀었기 때문에 충격의 반을 흡수해서 치명적인 대미지를 피할 수 있었다.

그럼에도 다리가 잠시 휘청거렸다.

미국으로 넘어와 7번의 경기를 치르면서 수많은 펀치를 맞았으나 다리에서 힘이 빠진 건 이번이 처음이었다.

라이언 캐슬러는 공격이 성공하자 폭발적으로 대시를 해오며 연속으로 펀치를 날리기 시작했다.

하아.

뒤로 물러나며 사이드로 돌아 나갔다.

아직도 귓가에서는 윙윙거리는 소리가 사이렌처럼 들리고 있었기 때문에 최강철은 빠르게 스텝을 밟아 놈의 공격 범위에서 벗어났다.

그때부터 라이언 캐슬러는 두 가지 공격을 병행시키며 압박을 가해왔다.

좌우 스트레이트와 혹의 연환, 그리고 클린치에 이은 쇼트 혹이었다. 놈은 자신의 패턴 공격에 그 두 가지를 교묘하게 섞어서 무차별적인 공격을 가해왔다.

최강철이 비틀하며 뒤로 후퇴했고 라이언 캐슬러가 추격해서 맹공을 퍼붓자 미국 관중들이 광란의 함성을 질러댔다.

지금까지 일방적으로 얻어맞던 라이언 캐슬러가 펀치에 몰

린 최강철을 몰아붙이며 맹공을 퍼붓자 금방이라도 역전승을
할 것 같았기 때문이다.

로프에 기댄 채 난사를 해오는 펀치들을 자신이 가진 방어
기술들을 전부 가동해서 막아내던 최강철이 이를 슬며시 악
물었다.

모두 퍼부어봐. 더 뭐가 있는지 보자!

최강철은 로프에서 벗어나지 않았다. 라이언 캐슬러가 미친
듯 펀치 세례를 퍼부었으나 예리한 눈으로 적의 움직임을 관
찰하며 방어에 치중했다.

아마 관중들의 눈에는 충격으로 인해 제대로 움직이지 못
하는 것으로 보였을 것이다.

정타를 맞은 후 거의 30초 동안 일방적인 공격을 당하던 최
강철이 칼을 빼 든 것은 7라운드가 1분 정도 남았을 때였다.

가딩을 올린 채 방어를 하던 최강철의 오른손 쇼트 훅이 끝
장을 내겠다는 듯 강력하게 날아온 스트레이트를 뚫고 전광
석화처럼 빠져나와 라이언 캐슬러의 안면을 흔들어놓았다.

워낙 많은 펀치가 쏟아져 나오고 있는 상태에서 삐져나온
기습적인 쇼트였기에 미처 이곳에서 현지에서 중계하는 아나
운서와 해설자도 알아차리지 못한 모양이다.

감촉에 짜릿한 감각이 피어오르는 순간 방어에 치중하고
있던 최강철이 로프에서 튕겨져 나오며 라이언 캐슬러의 몸통

을 밀어냈다.

그때부터 참고 참아왔던 폭풍 같은 질주가 시작되었다.

반격.

아니다. 이건 핀치에서 벗어나 겨우 시도된 반격이 아니라 어쩌면 처음부터 계획되었던 전술이었는지 모른다.

상대에 대한 모든 것을 안 이상 이제는 거칠 것이 없었다.

최강철은 몸통 박치기로 인해 뒤로 주춤 물러서는 적을 향해 다시 전진을 시작했다.

하지만 공격 패턴이 완벽하게 변해 버린 그의 공격은 이전 라운드와 비교조차 할 수 없을 정도로 강력했다.

폭발적인 전진.

윤성호가 마지막에 준비해 놓은 무기는 지금까지와 다른 패턴 공격이었다.

복싱의 공격 무기는 몇 가지에 불과했지만 수많은 조합이 가능했는데 최강철은 라이언 캐슬러전을 대비해서 새로운 콤비네이션을 개발해 놨었다.

속사포와 같은 콤비네이션이 터지기 시작하자 곧이어 한꺼번에 4, 5차례의 펀치들이 쏟아져 나갔다.

밥 애런이 보유한 승리 청부업자들이 무슨 짓을 해놨는지 콤비네이션 공격을 시작하면서 알 수 있었다.

이전 경기를 치르면서 자신의 주 무기로 써왔던 콤비네이션

패턴을 얼마나 철저히 분석했는지 빈곳을 향해 어지없이 날아
오는 라이언 캐슬러의 펀치가 증명해 주고 있었다.

웃었다.

어리석게도 이놈들은 내 능력을 그 정도밖에 보지 않았던
모양이다.

자신의 라이트 스트레이트가 놈의 안면을 향해 날아가자
스텝을 왼쪽으로 한 발 옮긴 라이언 캐슬러의 레프트 훅이 날
아오는 게 보였다.

라이트 스트레이트부터 시작되는 패턴 공격은 레프트 보디
공격으로 이어졌다가 라이트 양 훅으로 변화되는데 놈은 정
확하게 패턴을 읽고 안면을 노리고 있었다.

이미 몇 번의 반격을 받았고 놈이 준비한 것을 알았으니 거
칠게 없다.

왼손으로 안면을 커버링한 상태에서 비어 있는 놈의 관자놀
이에 레프트 더블을 터뜨렸다. 역에 역을 이용한 공격.

라이언 캐슬러의 안면이 단순한 그 공격 한 방으로 덜컥 젖
혀지는 순간 최강철의 미사일 훅이 원거리에서 강력하게 날아
가 정확하게 턱에 꽂혔다.

콰앙!

술 취한 것처럼 지금까지 9경기를 치르며 단 한 번도 다운
을 당하지 않았다던 라이언 캐슬러의 몸이 비틀거리다가 쓰러

졌다.

다운이다.

관중석에서는 비명이 흘러나왔고 한쪽에서는 거대한 함성이 터졌다.

미친놈들이 발광을 했다.

캔버스에 쓰러졌던 라이언 캐슬러가 주춤거리며 일어나 레프리를 향해 주먹을 들어 싸우겠다는 의사를 밝혔기 때문이다.

충격으로 멍해진 눈.

강력한 인파이팅을 구사해서 불도저란 별명이 붙어 있던 라이언 캐슬러가 도망치기 위해 안간힘을 썼지만 최강철의 스피드를 뿌리친다는 건 불가능한 일이었다.

지금까지 인파이팅을 벌이느라 멈춰졌던 스텝이 이동하기 시작하자 라이언 캐슬러의 전신에 무수한 펀치들이 내리꽂히기 시작했다.

최강철의 전매특허, 바로 불꽃 펀치다.

라이언 캐슬러를 몰고 다니며 전광석화처럼 펀치 샤워를 터뜨리는 최강철의 압도적인 모습에 관중들이 기가 질린 표정을 지었다.

비틀거리며 도망가던 라이언 캐슬러의 몸이 멈춘 것은 윤성호가 링 아래에서 두 주먹을 불끈 쥔 채 버티고 있는 자신의 코너 쪽이었다.

큰 펀치를 생략하고 몸 쪽에 바짝 붙어 작은 펀치들을 난 사시켰다.

관중들은 미사일 같은 펀치로 한 방에 KO시키는 장면을 원하겠지만 최강철은 그렇게 하지 않고 라이언 캐슬러를 코너에 몰아넣은 채 샌드백을 두드리듯 공이 울릴 때까지 철저하게 유린했다.

내가 말하지 않았나.

실컷 놀아주겠다고, 영원히 잊지 못하도록 말이야.

공이 울리는 순간 최강철은 펀치 세례를 중단하고 미련 없이 몸을 돌렸다. 이 정도면 원 없이 팼다.

단 1분에 불과했으나 이 1분이 관중들과 이 게임을 지켜보고 있는 전 세계 복싱 팬들에게는 충격이자 공포였을 것이다.

경기는 끝났다.

레프리가 다가가 코너에 서 있던 라이언 캐슬러를 부축했으나 그는 가딩을 내린 채 혼이 나간 표정으로 움직이지 못했는데 코치진이 전부 몰려왔어도 한 발조차 내디딜 수 없었다.

업혀서 코너로 돌아간 놈이 다시 나온다는 건 불가능한 일이야. 그렇지 않겠어?

*   *   *

"으악… 아이고, 큰일 났네."

김영호의 입에서 비명 소리가 터져 나왔다.

하지만 그건 그의 입에서만 나온 것이 아니라 꽃다방에 몰려 있던 사람들이 동시에 터뜨린 비명이기도 했다.

최강철이 불의의 훅을 맞고 비틀거리며 뒤로 물러서자 그동안 함성을 지르며 응원하던 사람들의 목소리가 한꺼번에 줄어들었다.

다행스럽게 다운을 면하고 뒤로 후퇴하며 최강철이 방어에 성공하자 줄어들었던 사람들의 음성이 서서히 다시 커지기 시작했다.

"그렇지, 돌아. 인마, 돌라고!"

"왜 거기 서 있는 거야. 빠져나와야지!"

"우와, 미치겠네. 아직 충격에서 벗어나지 못한 모양이네. 반격해, 이 자식아. 주먹 뒀다가 뭐 해!"

김영호가 한마디 하면 그 옆에서 류광일도 싸우는 것처럼 소리를 질렀다.

습격을 받은 후 최강철이 로프에 기댄 채 방어에 치중하고 있자 두 사람은 연신 소리를 질러대며 간절한 표정으로 그가 빠져나오기를 기원했다.

환장하도록 안타까웠다.

꽃다방에 있던 사람들의 표정이 서서히 굳어져 갔다.

얼마나 충격을 받았기에 그토록 강력하게 공격하던 최강철이 움직이지 못한 채 얻어맞고 있는 걸까.

다 이긴 경기를, 다 잡은 대어를 기습 공격 한 방에 당해서 놓친다고 생각하자 김영호와 류광일은 이제 소리조차 지르지 못하고 물끄러미 바라보기만 했다.

다른 사람들도 마찬가지다.

복싱광들이었으니 누구보다 경기의 흐름을 잘 알기에 시간이 지날수록 점점 어렵다는 생각이 들면서 자포자기의 심정으로 변해갔다.

다 죽어가던 그들의 표정이 급격하게 바뀐 것은 텔레비전에서 침울한 목소리로 중계하던 캐스터의 목소리가 비명처럼 커졌을 때였다.

─최강철 선수, 밀고 나옵니다! 라이트 훅, 라이언 캐슬러 주춤거리고 물러섭니다! 공격합니다. 최강철 선수, 폭풍 같은 대시를 하고 있습니다. 라이트 스트레이트, 레프트 훅, 보디도 들어갔습니다. 엄청난 연타 세례를 퍼붓고 있습니다! 시청자 여러분 기뻐해 주십시오! 최강철 선수가 핀치에서 벗어나 다시 공격을 퍼붓고 있습니다! 강력합니다. 라이언 캐슬러 계속해서 몰립니다!

—완전한 반전입니다. 최강철 선수, 충격을 완화시키며 기회를 노리고 있었던 것 같습니다.

—또다시 레프트 보디에 이은 안면 스트레이트. 라이트 훅! 다운, 다운입니다! 최강철 선수가 라이언 캐슬러를 다운시켰습니다! 대단합니다, 최강철 선수 대단합니다!

—아, 다시 일어나는군요. 하지만 충격이 큰 거 같습니다. 다시 공격하면 무너뜨릴 수 있을 것 같습니다.

—라이언 캐슬러 도망갑니다. 따라붙는 최강철! 어마어마한 콤비네이션 공격을 퍼붓고 있습니다. 반격을 하지 못하는군요. 클린히트. 라이언 캐슬러의 안면에 다시 연타 공격이 들어갑니다…….

침울했던 꽃다방에 다시 폭풍이 불기 시작했다.

모든 사람이 주먹을 들고 한꺼번에 설치는 바람에 꽃다방은 금방 격렬한 전쟁터로 변하고 말았다.

미친 사람들처럼 보였다.

최강철이 주먹을 날릴 때마다 같이 주먹을 휘두르는 그들의 표정에는 간절함과 기대감이 꽉꽉 들어차 있었다.

열광을 넘어선 광란이다. 그리고 뜨거운 성원이기도 했다.

사람들의 입에서 아쉬움이 가득 찬 탄성이 터진 것은 공이 울리며 레프리가 최강철의 앞을 가로막았을 때였다.

시간이 아쉽다. 조금만 더 시간이 있었다면 쓰러뜨릴 수 있었는데 야속하게도 공은 여지없이 울리고 말았다.

"가만, 김 대리. 저놈 이상해."

"응? 저 새끼 왜 안 가는 거야. 공 쳤는데?"

"어라, 저거… 정신을 잃은 거 아니냐?"

웅성웅성.

레프리가 라이언 캐슬러를 부축했음에도 움직이지 못하자 코치진들이 링으로 뛰어 올라오는 게 보였다.

그러고는 곧장 들쳐 업고 코너로 돌아갔는데 라이언 캐슬러는 의자에 앉지 못하고 스르륵 바닥에 쓰러졌다.

레프리가 경기가 끝났다는 선언을 하자 긴장된 눈으로 지켜보던 꽃다방 관중들의 입에서 폭탄 같은 함성이 터져 나왔다.

"푸하하하… 최강철, 이 미친놈. 대단하네, 정말 대단해."

"햐아, 아우 소름 끼쳐. 너도 봤지, 마지막 공격 말이야. 난 저놈이 한 방, 한 방 때릴 때마다 내 몸이 다 움찔거렸다니까."

"난 이제부터 완전 최강철 팬이다. 저런 놈이 세상에 또 어디 있냐? 복싱은 저렇게 해야지. 아우 심장 떨려. 아직도 진정이 안 되네."

"야, 앉자. 내가 복싱 경기 보면서 별꼴을 다 겪어봤지만 이렇게 녹초가 되기는 처음이다. 저 자식 경기, 두 번 봤다가는 제 명에 못 살겠어."

"난 죽어도 좋아. 저놈 다음 경기를 볼 수만 있다면 무슨 짓이라도 하겠다."

*　　　　*　　　　*

최강철이 라이언 캐슬러를 때려잡고 두 손을 번쩍 치켜드는 순간 링 사이드에서 초조하게 경기를 관람하던 돈 킹과 톰슨이 동시에 자리에서 벌떡 일어나 만세를 불렀다.

"크하하하… 크큭! 최강철이 이겼어, 이겼다고!"

"회장님, 축하합니다."

"저 자식 얼굴 봐라. 완전히 똥 씹은 얼굴이야. 경기 전에는 그렇게 여유 있게 웃더니 사색이 되었구만."

돈 킹이 반대쪽에 있는 밥 애런을 가리키며 통쾌함을 숨기지 못했다.

그의 말대로 밥 애런은 잔뜩 얼굴을 굳힌 채 옆에 있던 참모들과 뭔가를 이야기하고 있는 중이었다.

"톰슨, 가자."

"어딜 말입니까?"

"저 자식한테 돈 받아야지."

"아… 예……."

어정쩡한 목소리로 대답했지만 톰슨은 발걸음을 쉽게 떼지 못했다.

상도의라는 게 있다.

전쟁터에서도 전쟁에 진 병사는 죽이지 않는 법인데 자신의 보스인 돈 킹은 확인 사살을 하고 싶어 안달이 난 것 같았다.

그럼에도 뒤늦게 성큼성큼 걸어가는 돈 킹의 뒤를 따랐다.

자신의 보스인 돈 킹은 필생의 적수인 밥 애런에게 맺힌 게 많았으니 이해하고 따라주는 것이 옳다고 생각했기 때문이다.

관중들의 열기는 아직도 식지 않은 채 최강철의 별명인 허리케인을 연신 연호하고 있는 중이었다.

허리케인.

누가 지었는지 정말 기가 막히게 어울리는 별명이다.

놈의 무지막지한 진격과 번개를 동반한 펀치 샤워는 허리케인이란 별명과 더없이 어울렸다.

밥 애런은 돈 킹이 링을 돌아 다가오는 걸 보며 인상부터 찡그렸다.

"뭐야?"

"응, 우리 애가 이겼다는 거 알려주려고."

"못 배운 티를 내는 거냐? 보기 싫으니까 내 눈 앞에서 그만 사라져 줬으면 좋겠군."

밥 애런이 돈 킹의 심장을 자극했다.

돈 킹은 못 배웠다는 말을 가장 듣기 싫어한다는 걸 그는 너무나 잘 알고 있었다.

그럼에도 돈 킹은 얼굴에서 웃음을 지우지 않았다.

다른 날이라면 몰라도 오늘만큼은 충분히 참을 수 있다.

"좀 강한 놈으로 올리지 그랬어. 난 자네가 자신 있어 하기에 사실 속으로 졸았는데 막상 뚜껑을 열어보니까 너무 약하잖아."

"나중에 다시 한번 붙자. 그러니 오늘은 꼴 보기 싫으니까 그냥 가라."

"크크크… 뭘 그렇게 신경질을 내고 그러나. 천하의 밥 애런이 그러면 안 되지."

"이 자식아!"

"내 계좌 번호는 알지?"

"으……."

"내일 오전까지 입금해 줘. 그걸로 추징금 내야 되니까 말이야, 푸하하하!"

*   *   *

서지영은 클로이와 수잔의 제의를 못 이기는 척 받아들였다.

톰은 서부 쪽에서 석탄 광산을 운영하는 집안의 아들이었는데 학교 근처에 지어진 대저택을 살면서 수시로 파티를 열었다.

그렇다고 해서 양아치는 아니다.

펜실베이니아 대학에 다닌다는 건 그만큼 그의 두뇌가 뛰어나다는 걸 증명해 주는 것이었으니 조금 놀 줄 아는 멋쟁이란 표현이 더 어울렸다.

토요일 저녁 파티에는 거의 100여 명의 학생이 몰려들었다.

파티라고 하지만 절제 속에서 진행된다.

삼류 대학에 다니는 놈들은 마약과 섹스, 그리고 술에 절어서 온갖 미친 짓도 서슴지 않는다고 들었지만 톰이 주최하는 파티는 은은한 음악 속에서 지식이 가득 찬 젊은이들의 고상한 대화가 주를 이뤘다.

그 속에서 사랑과 우정이 싹을 피웠고 새로운 사람들과의 만남이 이뤄졌으니, 과정이 달랐을 뿐 파티의 목적과 결과는 같은 것이다.

거대한 저택의 정문을 통과해서 안으로 들어가자 이미 사람들은 잔뜩 한곳에 모여 있는 중이었다.

평소와는 다르다.

이곳에 2번이나 왔지만 언제나 사람들은 삼삼오오 모여서 조용히 대화를 나누고 있었는데, 오늘은 중간에 설치된 텔레비전을 중심으로 빙 둘러앉은 채 시끌벅적한 분위기가 연출되고 있었다.

정말 이상하다.

여기에 모인 사람들은 다른 사람들에게 천재라고 불릴 정도로 뛰어난 두뇌를 가졌고 평소에는 공부의 늪에 빠져 살았는데 복싱이란 스포츠에 열광하는 건 무슨 이유인지 모르겠다.

최강철이 화면 속에서 모습을 드러낸 것은 클로이가 맥주를 가져와 그녀에게 줄 때였다.

옷을 입었을 때와 또 다른 느낌이었다.

수수하게 차려 입고 강의실에 왔을 때는 마음 착한 청년으로 보였는데 막상 트렁크만 입고 나타나자 전혀 다른 사람처럼 느껴졌다.

"우와, 저 복근 봐. 정말 멋있다!"

"환상적이네."

수잔의 먼저 감탄사를 뿜어냈고 클로이가 뒤를 받쳤다.

그녀들의 말처럼 최강철의 복부에는 빨래판처럼 굵은 줄들이 새겨져 있어 보는 순간 감탄을 자아내게 만들 정도로 완벽한 몸매를 자랑했다.

여자들의 로망이다.

운동으로 다져진 황홀한 몸매는 예나 지금이나 여자들의
마음을 설레게 만드는 최고의 무기다.

그러나 서지영은 아무런 말 없이 화면 속에 들어 있는 최강
철을 바라봤을 뿐이다.

드디어 시합이 시작되자 백여 명의 학생이 괴성을 지르기
시작했다. 그만큼 뜨거운 경기였고 사람들의 피를 들끓게 만
드는 시합이었다.

팔은 안으로 굽는다고 미국인이 주를 이룬 학생들은 처음
엔 라이언 캐슬러를 열렬히 응원했으나 그것은 곧 의미 없는
함성과 탄성으로 변해갔다.

국적이 필요치 않은 경기다.

두 사람이 어울려 싸우는 링에는 오직 전사들의 뜨거운 숨
결만이 넘실거렸을 뿐이니 학생들은 그 열기에 서서히 동화되
어 가고 있었다.

복싱을 싫어했지만 서지영은 잠시도 눈을 떼지 않고 냉정
한 눈으로 시합을 지켜봤다.

탄성을 지르지도 않았고 다른 사람들처럼 주먹을 쥐며 흥
분하지도 않았다.

하지만 운명의 7라운드에 들어서서 최강철이 위기에 몰렸

을 때는 자신도 모르게 두 주먹을 꼭 쥔 채 바들바들 떨었다.

학생들의 함성이 커졌다.

워낙 치열한 경기를 펼쳤기에 누구를 응원한다는 것이 무의미하다고 여겼던 미국 학생들은 결정적인 순간이 다가오자 라이언 캐슬러를 응원하며 고함을 질렀다.

모든 사람이 라이언 캐슬러를 응원할 때 그동안 조용히 지켜보던 서지영이 벌떡 의자를 박차고 일어나 소리를 질렀다.

"안 돼. 벗어나. 도망가. 강철 씨, 도망가야 해!"

간절한 목소리로 고함을 지르며 최강철이 위기에서 벗어나기를 간절히 기도했다.

왜 그를 응원하고 있는 걸까?

단지 같은 한국 사람이라는 이유로 반가움에 못 이겨 말을 걸었고 잠시의 대화를 끝으로 헤어진 사람일 뿐이었다.

가끔가다 문득 그의 얼굴이 떠오른 건 그녀가 풀지 못했던 의문 때문이지 보고 싶다는 감정 때문은 아니라고 생각했다.

그러나 그녀는 이렇게 응원하며 그가 이겨주기를 간절히 바랐다.

얼마나 마음을 졸였는지 모른다.

그가 상대방의 공격에서 벗어나지 못하고 올가미에 걸린 맹수처럼 꿈틀거릴 때마다 화면으로 들어가 말리고 싶다는 간절한 마음이 뭉텅 솟구쳐 올라왔다.

시합은 결국 그의 승리로 끝났다.

막판에 상대를 몰아치는 그의 불꽃같은 공격력에 학생들이 소리를 지르며 감탄을 터뜨렸으나 그녀는 최강철이 위기에서 벗어나는 순간 스르륵 의자에 주저 앉은 후 더 이상 일어설 수 없었다.

최강철이 공격당하던 그 짧은 순간 얼마나 애를 썼던지 몸 속에 들어 있었던 모든 힘이 빠져나간 느낌이었다. 마치 댄스 클럽에 온 여자들처럼 미쳐 날뛰던 클로이가 말을 걸어온 것은 최강철이 승리를 확인하고 두 손을 번쩍 치켜들 때였다.

"지영, 저 사람 정말 대단해. 난 저렇게 복싱 잘하는 사람 처음 봐. 와우, 정말 매력적인 사람이야."

"한번 꼭 만나봤으면 좋겠어. 저 사람, 다시 우리 학교에 다시 올까?"

클로이에 이어 수잔이 소리쳤다. 그녀들은 정말 최강철의 복싱에 푹 매료된 것 같았다. 아직도 주변을 둘러싼 학생들은 텔레비전에서 보여주고 있는 하이라이트에 정신이 팔려 아무도 그녀들을 주시하지 않고 있었다. 그때 클로이의 말이 이어졌다.

"올 거야. 그 사람이 지영이의 운명적인 사랑이면 꼭 다시 오지 않겠니?"

*   *   *

최강철은 경기를 끝내고 나서 몰려든 기자들로 인해 정신을 차릴 수 없었다. 전혀 예상치 못했던 일은 아니었으나 기자들의 관심은 상상을 초월할 만큼 대단했다.

호텔에서 하루를 더 머무는 동안 한국 기자들은 물론이고 미국 기자들까지 무려 50여 명과 인터뷰를 했다.

헤글러와 헌즈가 벌인 세기의 빅 매치로 인해 메인에 오르지는 못했지만 그가 벌인 치열하고도 멋진 경기가 화면을 타고 전 세계로 퍼져 나가면서 사람들의 관심이 뜨거워졌기 때문이다.

"라이언 캐슬러는 훌륭한 선수였습니다."

"저는 가끔 아웃복싱도 하지만 보신 것처럼 강렬한 인파이터입니다."

"어떤 상대와 붙어도 두렵지 않습니다. 다음 경기 역시 이번처럼 멋진 경기를 보여 드리겠습니다."

"제 목표는 세계 챔피언입니다. 2년 이내에 레너드와 한판 승부를 벌이고 싶습니다."

최강철이 기자들에게 한 말이었고 이 말들은 여과 없이 신문 기사로 변해서 사람들 속으로 퍼져 나갔다.

사람들은 그의 인터뷰 기사를 보면서 비웃지 않았다.

8전 8KO승을 거둔 신진 강자.

더군다나 그가 보여준 시합은 사람의 피를 들끓게 만드는 마력이 있었기에 복싱 팬들은 최강철의 인터뷰 기사를 보며 기대를 숨기지 않았다.

—MBC 스포츠 뉴스입니다. 어제 벌어진 헌즈 대 헤글러의 오픈 경기로 출전했던 최강철 선수가 세계 최강인 레너드 선수와 시합을 갖고 싶다는 포부를 밝혔습니다. 최강철 선수는 어제 벌어진 경기에서 라이언 캐슬러 선수를 7회 KO로 누르며 8전 8KO승을 거두었으며 조만간 북미 랭킹에 오를 거란 전망입니다. 최강철 선수가 몇 번의 시합을 거쳐 북미 챔피언에 오른다면 레너드 선수와의 일전이 그저 희망이 아닌 사실이 될 수도 있을 것 같습니다. 민영환 기자, 최강철 선수가 어떤 선수인지 다시 한번 소개해 주십시오.

—최강철 선수는…….

최우용은 가족들과 둘러앉아 과일을 먹다가 텔레비전에서 아들에 대한 뉴스가 나오자 눈을 부릅뜨고 시선을 고정시켰다.

화면에서는 어제 벌어졌던 시합 장면이 하이라이트로 편집

되어 방송되고 있었는데 그가 모르던 내용들이 기자들의 입에서 쏟아져 나오고 있었다.

아내는 화면에서 최강철의 모습이 보이자 벌써부터 눈물을 글썽였다.

시합을 보면서 얼마나 애간장을 태웠는지 모른다.

지금도 아들이 불의의 일격을 받아 휘청하던 장면을 생각하면 가슴이 벌렁거릴 정도였다.

"엄마, 왜 또 울어요. 울지 마요."

"아녀, 우는 거 아니다."

"강철이 잘하고 있잖아요. 저렇게 텔레비전까지 나올 정도로 미국에서 잘하고 있으니까 너무 걱정하지 마세요. 오늘 회사에 가니까 전부 난리가 아니었어요. 전부 강철이 이야기 하느냐고 일을 제대로 못 할 정도였다니까요."

최강희가 분위기를 전환시키려는 듯 떠들어대자 최강숙이 맞장구를 쳤다.

자랑스러운 동생.

그녀들은 최강철의 누나라는 사실로 인해 오늘 하루 종일 직원들에게 모든 관심을 한 몸에 받았다.

안다, 엄마가 왜 우는지.

엄마는 분명 아들이 보고 싶어서 눈물이 흘렀을 것이다.

"그런데 강철이 너무해. 2년이나 지났는데 한 번쯤 왔으면 좋겠다."

"바쁘니까 그런 거지. 계속 시합을 하는데 어떻게 오겠어."

최강숙이 불쑥 아련한 눈으로 말을 하자 최우용이 담배 연기를 내뿜으며 중얼거렸다.

똑같은 마음이다.

지금이라도 문이 열리며 아들이 들어오면 좋겠다는 상상을 하고 있었지만 그것이 헛된 망상이란 걸 안다.

그럼에도 보고 싶다.

가족들은 잠시 대화를 멈추고 저마다의 생각에 잠긴 채 텔레비전 화면에 시선을 고정시켰다.

어떤 말로 서로를 위로할지 생각이 나지 않기 때문이다.

때르릉, 때르릉…….

거실에 놓여 있던 전화기에서 갑자기 신호음이 들리기 시작한 것은 텔레비전에서 최강철의 모습이 사라지며 프로 야구에 대한 소식이 전해질 때였다.

최우용이 손을 뻗어 전화기를 들자 국제전화라는 교환의 메시지가 전해졌다.

눈이 부릅떠졌고 수화기를 잡은 손에 힘이 가해졌다.

"여보세요. 강철이냐!"

─아버지, 잘 계셨죠. 저 강철이에요.

"이눔아. 몸은 어떠, 괜찮은겨?"

─예, 괜찮아요.

"수고했다, 수고했어… 그래, 지금 어디냐?"

─라스베이거스에 있는 호텔이에요. 오늘은 여기서 자고 내일 뉴욕으로 돌아가요.

"힘들었겠다. 이제 시합 끝났으니까 푹 쉬어."

─그럴 생각입니다. 엄마는 옆에 계세요?

"그려, 잠깐 기다려라."

아들의 전화란 걸 알고 부리나케 달려와 옆에 쪼그린 채 귀를 기울이고 있던 류순덕이 남편으로부터 수화기가 넘어오자 급히 입을 열었다.

"강철아, 엄마다."

─엄마, 잘 계시죠?

"그럼, 나야 무슨 일 있겠냐. 너만 잘 있으믄 여기 있는 우리가 무슨 일이 있겠어."

─엄마, 다리는 어떠세요?

"괜찮어. 이젠 아무렇지도 않어."

─아프시면 무조건 병원에 가서야 해요. 알았죠?

"응, 그려. 강철아… 그런데 언제 들어오는 거니……?"

─조금 더 있어야 해요. 계속해서 시합이 잡히기 때문에 지금은 돌아가기 힘들어요.

"그래도 시간 내서 한번 들어오면 안 되겠냐… 보고 싶어.

우리 아들… 너무 보고 싶어, 이눔아."

─저도 보고 싶어요. 잠자리에 들 때면 엄마 얼굴이 너무 보고 싶은걸요.

"흐윽……."

류순덕의 눈에서 다시 눈물이 흐르기 시작했다.

막내아들.

늘 옆에서 강아지처럼 따라다니던 아들은 이제 성인이 되어 머나먼 미국 땅으로 떠나더니 돌아올 기약을 하지 못하고 있었다.

아들의 목소리가 마치 꿈결처럼 들려와 그녀의 그리움을 폭발시켜 눈물이 흐르게 만들었다.

사랑하는 아들… 아들이 미치도록 보고 싶다.

클리프턴으로 돌아온 최강철은 편안한 휴식을 취하며 시간을 보냈다.

격렬한 경기를 치렀기 때문인지 정타를 맞지 않았는데도 온몸이 욱신거렸으나 이틀 정도 쉬고 나자 원상태로 몸이 회복되었다.

집으로 돌아왔을 때 피터를 포함해서 레드불스 선수들은 집으로 찾아와 승리의 축하 인사를 전하며 떠들썩한 분위기 연출했다.

그들은 텔레비전을 체육관에서 함께 봤다며 떠들어댔는데 한동안 시합에 관해 궁금한 것들을 묻다가 밤이 늦어서야 돌아갔다.

다시 평온이 찾아왔다.

윤성호와 이성일은 집으로 돌아오자 다음 날부터 낚싯대를 들더니 코빼기조차 보이지 않았는데 아침이 되면 총알같이 둘이 손잡고 호수로 향했다.

몸이 원상태로 회복되자 최강철은 옷을 차려입고 맨해튼으로 향했다.

목적지는 골드만삭스 뉴욕 지점이었다.

돈 킹은 약속한 대로 보너스를 포함해서 27만 달러를 입금했기 때문에 두 사람의 몫을 떼고 나머지 돈을 추가로 투자하기 위함이었다.

돈을 은행에 묶어두는 것처럼 어리석은 일도 없다.

돈은 돈을 부르는 괴물이었고, 사람의 인생을 성공시키기도, 나락에 빠뜨리기도 하지만 결코 방치해서는 안 되는 보물이기도 했다.

어디를 가든 증권사만큼 화려한 곳도 없다.

골드만삭스 뉴욕 지점은 금융의 중심지 맨해튼에 위치하고 있었는데 들어가는 입구부터 고급스럽고도 화려한 분위기를 가지고 있었다.

천천히 걸어 창구에 도착하자 자신의 얼굴을 알아본 도널드가 마치 죽었다가 돌아온 자식을 본 것처럼 요란하게 뛰어나오는 게 보였다.

처음 주식을 시작할 때 상담한 것도 그였고 계좌를 개설해 준 것도 그였다.

"미스터 최, 오랜만입니다."

"잘 지냈습니까?"

"당신의 경기를 봤습니다. 정말 대단했어요. 나는 당신이 그렇게 유명한 복싱 선수인 줄 정말 몰랐습니다."

두 손을 맞잡은 그의 손에서 진심이 우러나왔다.

의외였을 것이다.

수많은 고객을 보유하고 있겠지만 텔레비전에 나올 정도의 유명 인사를 자신이 관리한다는 사실이 그를 흥분케 만든 것 같았다.

도널드는 한쪽에 마련된 VIP 상담석에 최강철을 데려간 후 직접 커피를 타와 탁자에 내려놓고 한동안 복싱 이야기를 했다.

그대로 놔두면 하루 종일이라도 복싱 이야기만 할 기세였다.

그랬기에 최강철은 슬며시 그의 말을 끊고 자신이 온 목적을 이야기했다.

"도널드 씨, 오늘 내가 여기에 온 건 내가 보유한 주식의 수익률이 궁금해서 온 겁니다. 지금 어떻게 됐는지 알 수 있을까요?"

"그럼요, 그렇지 않아도 오셨을 때 자료를 뽑아놓으라고 시켜놨습니다. 제가 가져올 테니 잠시만 기다리십시오."

본론이 나오자 도널드가 빙긋 웃으며 자리에서 일어났다.

그런 후 금방 다시 돌아와 최강철 앞에 서류를 내밀었다.

"여기 그동안의 미스터 최가 보유한 주식의 차트와 수익률 분석표가 있습니다. 3달 동안 15%의 수익률이 났습니다. 단기간에 꽤 큰 이익을 본 거죠."

"그렇군요."

서류를 보면서 고개를 끄덕였다.

그의 말대로 3달 만에 15%라면 은행 이자보다 비교할 수 없을 만큼 커다란 수익이었다.

"몇 번을 전화할까 망설였습니다. 이렇게 수익률이 났을때는 일단 정리하는 것이 중요하거든요. 그 종목들은 오를 만큼 올랐기 때문에 갈아탈 필요성이 있습니다. 그대로 놔두면 떨어질 가능성이 큽니다."

"왜 그렇죠?"

"요즘 대형주들이 서서히 약세를 보이고 있어요. 정부에서 막대한 부채를 해결하기 위해 법인세를 대폭 올린다는 소문이 있거든요. 잘 아시겠지만 지금 정부의 부채는 역사상 최대를 기록하고 있습니다. 더군다나 버크셔 해서웨이는 계속되는 인수 합병으로 인해 당국의 감시가 심해진 상황입니다. 언제 세무 조사가 들어갈지 알 수 없단 말입니다."

"그렇군요."

"신중하게 생각해 보십시오. 하지만 저는 보유 주식을 팔고 다른 주식을 사는 게 좋다고 생각합니다."

"어떤 걸 말하는거죠?"

"디지털 리서치나 액슨 모빌, 포드 등이 괜찮을 것 같습니다. 디지털 리서치는 컴퓨터 오퍼레이팅시스템을 개발해서 성장 동력이 상당히 좋은 회삽니다. 몇 해 전 발생했던 오일쇼크 기억하시죠? 액슨 모빌은 오일쇼크가 가라앉으면서 지금 한창 기업을 확장해 나가고 있습니다. 포드도 좋습니다. 포드가 새로운 차종을 내놓을 거란 정보가 입수되었습니다. 그게 확실하다면 주가는 큰 폭으로 오를 게 분명합니다."

도널드가 최강철의 눈을 바라보며 열정적으로 설명을 이어 나갔다.

주식 매니저들은 예나 지금이나 똑같다.

고객의 마음을 움직여 주식을 계속 팔고 사야 증권사의 수익이 남기 때문에 매니저들은 장기적으로 주식을 보유하는 손님을 극히 싫어한다.

디지털 리서치, 액슨 모빌, 포드.

그의 말대로 지금은 좋은 회사일지 모르지만 전생의 기억에서 그에 대한 정확한 정보가 없으니 선뜻 손이 가지 않았다.

지금은 주식 매니저의 손에 휘둘린 투자는 절대 하지 않을 생각이었다.

"무슨 말인지 알겠습니다. 하지만 나는 코카콜라와 버크셔 해서웨이를 팔 생각이 없습니다."

"아, 그러시군요."

"내가 여기 온 이유가 또 한 가지 있습니다. 나는 코카콜라와 버크셔 해서웨이를 추가 구입 할 생각입니다. 15만 달러를 입금해 놓았으니 예전처럼 반반씩 나눠서 사주시기 바랍니다."

"그렇습니까. 언제 말입니까?"

"오늘 사주시죠."

"알겠습니다. 바로 조치하겠습니다."

주식을 팔 생각이 없다는 말에 실망한 표정을 숨기지 못했던 도널드의 얼굴이 활짝 펴졌다.

뭔가를 얻은 사람의 얼굴에서는 기쁨의 웃음꽃이 핀다.

그가 급히 서류를 작성하기 위해 사무실로 뛰어간 후 최강철은 천천히 거대한 객장을 바라보았다.

바글거리는 객장의 사람들.

일확천금을 꿈꾸며 자신의 인생을 올인하고 있는 저 사람들은 2년 후에 벌어지는 블랙 먼데이의 처참한 공포 아래 추풍낙엽처럼 자신들의 삶을 마감하게 될 것이다.

서류에 사인을 하고 증권사를 나오자 거대한 빌딩들이 그를 맞이했다.

맨해튼의 끝을 향해 천천히 걸어 나갔다. 빌딩들 사이로 비추는 강렬한 햇살이 자신의 앞날을 축복해 주는 것만 같았다.

지금 자신의 투자는 극히 보수적이었고 안정적인 것이어야 한다.

본격적인 투자는 블랙 먼데이의 여파가 사그라지는 순간부터이고 컴퓨터의 세상이 활짝 열리는 90년대부터 시작될 것이니 자산을 지키는 것이 무엇보다 중요했다.

하지만 그가 모른 것이 있었다.

지금의 그 판단이 얼마나 현명한 것이었는지를 말이다.

디지털 리서치는 화려한 불꽃을 피우다가 몇 년 후 세상에서 사라졌고, 액슨 모빌은 4년 후 알래스카에서 1,100만 갤런의 원유 유출 사고를 일으켜 치명타를 입었으며, 포드는 GM에 밀려 그저 그런 회사로 전락하고 만다.

물론 블랙 먼데이 전에 모든 주식을 처분하겠지만 그랬기에 그의 안정적인 투자는 충분히 일리가 있는 것이었다.

시간의 여유는 그에게 다시 학교 생활을 동경하게 만들었
다.

돈 킹은 곧 다시 시합을 잡겠다고 약속하며 당분간 쉬라는
말을 남겼기 때문에 최강철은 책을 들고 뉴욕대를 찾았다.

뭔가를 배운다는 것은 즐거운 일이다.

새로운 학문, 새로운 환경, 새로운 세계, 새로운 사람들.

처음 접한 지식을 대할 때마다 한 줄기 환한 빛들이 머릿속
을 가득 채우는 것 같았다.

그가 펜실베이니아 대학을 찾은 것은 오랜만에 빈 스카터
교수의 강의를 듣고 싶었기 때문이다.

뉴욕대의 교수들도 뛰어난 학문을 지니고 있었지만 빈 스
카터 교수의 강의에 비하면 왠지 부족하다는 느낌이 들었다.

펜실베이니아로 향하면서 자연스럽게 서지영을 떠올렸다.

아름다운 여인이다.

피식.

자신도 모르게 그녀를 생각하자 웃음이 나왔다.

실망에 찬 모습으로 돌아서던 그녀의 얼굴. 과연 그녀는 자
신을 다시 보게 되었을 때 어떤 표정을 지을까?

빅 이벤트의 오픈 게임에 출전했으니 지금쯤 그녀도 자신이

복서란 사실을 알게 되었을지 모른다.

하긴, 모른다고 해도 상관없다.

그녀는 단순히 지나치며 만났던 여인이었으니 그에게는 그저 스쳐 지나는 한 줄기 바람과 같다.

차를 파킹하고 올라가자 캠퍼스의 익숙한 풍경이 나타났다.

벌써 펜실베이니아 대학에 온 것도 8번이나 되었기 때문에 오랜만에 왔으나 낯설다는 생각은 들지 않았다.

경영학 분야에서 세계 최고 권위자 중 한 명으로 불리는 빈 스카터 교수의 강의 시간은 오후 2시부터 시작되어 4시에 끝난다.

지금 시간은 오후 1시 30분.

강의 시간에 맞추기 위해 차를 타고 오다가 휴게소에 들러 간단하게 샌드위치로 배를 채웠더니 오히려 시간이 남았다.

한편으로는 성처럼 보이고 어떤 건물은 궁전처럼 보이는 대학 건물들을 살피며 천천히 걸었다.

유펜, 펜실베이니아 대학의 또 다른 이름이다.

1740년 벤자민 플랭클린의 교육 이념에 따라 설립된 학교로 경영학 쪽에서는 세계 최고를 자랑한다.

건물들은 역사와 전통을 품은 채 올곧게 서 있었는데 비슷하면서도 모두 다른 모양을 지니고 있었다.

한참 동안 건물들을 둘러보다 시간에 맞춰 강의실로 향했다.

그녀의 모습을 보게 된 것은 강의실로 가는 길목에 놓여 있는 벤치에서였다.

항상 같이 다니는 여학생들과 서지영은 밝게 웃으며 대화를 나누고 있었다.

자신을 본 모양이다.

여자들답게 웃고 떠들며 수다를 떨던 그녀들의 눈이 한꺼번에 그를 향해 날아왔다.

그냥 본 것이 아니라 놀란 시선들이었다.

똑바로 걸어가 그녀들을 향해 가볍게 눈인사를 하고 강의실로 걸어 들어갔다.

뒷골이 당겼으나 되돌아보지 않았다.

자신이 여기에 온 것은 수업을 듣기 위함이었지 그녀를 보기 위함이 아니었다.

습관처럼 맨 뒷자리에 앉았다.

이미 강의실은 학생들이 반쯤 들어찼는데 그동안의 경험으로 봤을 때 강의가 시작되면 70명이 훌쩍 넘는 인원이 들어온다.

참 배짱도 좋다.

몰래 수업을 훔쳐 들었으나 최강철은 이곳에 올 때마다 자신이 펜실베이니아 학생인 것처럼 자연스럽게 의자에 앉아 강의가 시작되기를 기다렸다.

조심스러운 사람의 발소리가 들리더니 옆자리에 가방이 놓인 것은 그가 턱을 괴고 학생들을 바라볼 때였다.

"앉아도 되죠?"

그녀다.

늘 친구들과 창가 자리에 앉아 수업을 듣던 서지영이 다기와 옆자리에 조심스럽게 앉았다.

형식적인 물음이기에 대답조차 하지 못했다.

이미 의자에 앉은 사람에게 안 된다고 말한다는 건 말도 안 되는 이야기였다.

그녀는 옆자리에 앉은 후 주섬주섬 책을 꺼내더니 더 이상 말을 붙이지 않고 전면에 시선을 둔 채 꼼짝하지 않았다.

잠시 동안 그녀를 바라보다 눈을 돌렸다.

그녀에게서 예쁜 향기가 났다. 말없이 앉아 있었음에도 괜히 신경이 쓰일 만큼 예쁜 향기였다.

빈 스카터 교수가 들어오면서 곧 강의가 시작되었다.

그는 세계 최고의 석학답지 않게 강의 시작 전 농담으로 학생들의 주의를 끌어모았고, 중간중간 강의에 관한 질문을 학생들에게 던지는 버릇이 있었다.

"여러분, 식사 맛있게 하셨나요?"

"예."

"오늘은 세상을 바라보는 관점을 변화시킨 5명의 유대인 어록에 대해서 말하겠습니다. 먼저 모세는 율법이 최고라고 말했습니다. 예수는 사랑이라고 했으며 마르크스는 자본이라고 했고 프로이트는 섹스라고 했죠. 자, 그럼 질문을 던지겠습니다. 아인슈타인은 무엇이라고 했을까요?"

"……."

그의 질문에 학생들이 아무런 대답을 못 했다.

이것이 유머인지 아니면 진짜 어록에 관한 질문인지 교수가 던진 질문의 의도를 알 수 없었기 때문이다.

학생들의 반응에 빈 스카터 교수의 얼굴에서 사람 좋은 웃음이 떠올랐다.

"아직도 여러분은 저에 대한 특징을 파악하지 못했군요. 경영의 처음은 인간관계로부터 시작되는 것이지요. 사람의 특성을 파악하지 못한다면 아무리 뛰어난 지식이 있다 해도 결국 경영에 실패하게 됩니다. 자, 그럼 질문을 던진 내가 해답을 알려주겠습니다. 아이슈타인은 이렇게 말했습니다. '모든 것은 상대적이야!'. 이해되시나요?"

결국 농담이다.

뒤늦게 의도를 알아챈 학생들이 웃음을 지었다. 하지만 많은 학생이 그저 고개만 끄덕이며 뭔가 생각하는 표정을 지었다.

그의 말은 유머였으나 학생들에게 많은 것을 생각하게 만드는 메시지를 전달하고 있었기 때문이다.

오늘 그의 강의 주제는 자원이 경제에 미치는 영향에 관한 것이었다.

뉴욕대의 교수들과 역시 다르다.

그의 강의는 언제나 학문에 그치지 않고 실례와 이론을 접목시켜 진행되는데 자원 안에는 석유와 주요 광물, 그리고 국가가 지닌 문화와 예술에 관한 것까지 총망라되어 있었다.

"자, 그럼 여기서 여러분의 의견을 듣겠습니다. 지금까지 나는 자원이 경제에 얼마나 커다란 영향을 미치는지 사례를 들어 설명했습니다. 그럼 질문, 지구의 자원이 곧 고갈된다면 경제에 어떤 영향을 미칠까요. 이야기할 사람은 손을 들어주세요."

빈 스카터 교수가 질문을 던지고 기다리자 여기저기서 꽤 많은 학생이 손을 들었다.

확실히 한국과는 다르다.

만약 한국의 강의실이었다면 학생들은 교수의 눈을 피하느라 정신이 없었을 것이다.

"한정된 자원이 얼마나 중요한 것이냐에 따라 경제에 미치는 영향은 많은 차이를 보일 것입니다. 예를 들어 석유 같은 경우 오일쇼크 발생 시 전 세계 국가의 경제를 수렁으로 몰아넣을 만큼 커다란 영향을 미쳤습니다. 하지만 석탄의 경우는 또 다르겠죠. 석탄은 세계 경제에 미미한 영향력을 미치고 있기 때문에 고갈된다 해도 경제와의 동조성은 적을 거라 판단됩니다……."

"자원의 고갈은 지구 전체의 괴멸을 의미한다고 생각합니다. 단순한 경제적인 가치를 넘어 근본적인 삶의 유지를 위협하면서……."

"자원은 무기가 될 것 같습니다. 동시에 모든 자원이 고갈되지 않는다는 가정하에서 중요 자원을 보유한 국가는 세계 경제를 주도할 것이고 자원을 보유하지 못한 국가는……."

꽤 많은 학생의 대답이 이어졌다.

최고의 대학에 다니는 천재들답게 대답의 수준이 상당히 높았다.

천천히 강의실을 훑던 빈 스카더 교수의 시선이 최강철 쪽으로 고정된 것은 더 이상 손든 학생이 보이지 않을 때였다.

"거기, 끝에 앉아 있는 학생. 자네 이름이 뭔가?"

여유 있게 학생들의 대답을 듣고 있다가 날벼락을 맞았다.

교수가 자신을 손가락으로 지목해서 이름을 묻는 순간 최강철은 급히 옆에 앉아 있는 서지영을 봤다.

손가락의 방향이 정확하지 않았기 때문에 자신이 아니라 서지영을 지목했을지도 모른다는 생각을 가졌기 때문이다.

하지만 빈 스카터 교수의 손가락은 방향을 조절해서 정확하게 자신을 가리키고 있었다.

"거기 여학생 말고 자네 말이야!"

이런, 젠장.

교수가 다시 한번 말하자 모든 학생의 시선이 한꺼번에 몰려들었다.

이젠 더 이상 버티다가는 정말 바보가 될지도 몰랐다.

"최강철입니다."

"나는 자네의 의견을 들어보고 싶군. 어디 말해보게."

뭔가 분위기가 이상하다.

다른 학생들이 말할 때는 얼굴에 웃음을 짓고 있던 빈 스카터 교수는 고집스러운 표정으로 반드시 대답을 들어야겠다는 듯 시선을 고정시키고 있었다.

더군다나 학생들은 이름을 대자 웅성거리며 놀람을 숨기지 못했는데 톰을 비롯해서 텔레비전에 나온 그의 모습을 본 사람들이 많았기 때문이다.

천천히 자리에서 일어났다. 그러고는 잠시 주변을 바라본 후 입을 열었다.

이미 웅성거리던 학생들은 그가 자리에서 일어나자 조용해졌는데 그가 무슨 말을 꺼낼지 상당히 궁금한 표정이었다.

"말씀드리겠습니다. 자원이 경제와 커다란 연관 관계를 맺고 있는 건 사실입니다. 하지만 저는 자원이 고갈되어도 경제가 수렁에 빠지는 일은 없을 거라고 생각합니다."

"왜 그런가?"

"하나의 자원이 고갈되면 인류는 그에 상응하는 새로운 자원을 개발할 것이기 때문입니다. 따라서 자원 고갈은 경제의 침체를 불러일으키는 것보다 새로운 환경에서 새로운 경제 체제를 구축하는 기회로 작용될 것입니다."

"예를 들어볼 수 있겠나?"

"석유를 예로 들어 보겠습니다. 원유 생산국이 아닌 나라들은 석유가 무기화되어 가는 현실을 우려해서 태양열을 이용하거나 풍력을 이용한 에너지 개발을 오래전부터 시작했습니다. 이러한 시스템은 더욱더 증진되어 어쩌면 수소나 배터리를 이용한 전기 자동차 등 신기술의 개발로 전환될 가능성이 있습니다."

"음……."

최강철의 대답에 빈 스카터 교수의 입에서 무거운 신음 소리가 새어 나왔다.

그가 자원 경제를 연구하면서 가장 고민스러웠던 부분에 대한 실마리가 일개 학생의 입에서 흘러나왔기 때문이다.

정말 놀라운 일이었다.

지금 최강철이 말한 이론은 그를 비롯해서 경제학 석학들이 한창 연구 중인 과제의 일부였고 아직 해답조차 내놓지 못하고 있던 것들이었다.

"자네, 우리 학교 학생이 아니란 걸 진즉부터 알고 있었네. 어디 학교 학생인가?"

"한국의 서울대 경영학과 학생입니다."

"미국에서 공부하는 게 아니고?"

"그렇습니다."

"정말 획기적인 대답이었네. 이게 자네의 생각인가 아니면 어디서 공부했던 건가?"

"저의 생각입니다."

거짓말이다.

자신이 말한 것은 전생에서 살 때 우연히 봤던 유명한 경제학자 폴 로머의 자원 경제학의 일부에서 인용한 것이었다.

하지만 그것을 빈 스카터 교수가 알 리가 없으니 최강철은 태연하게 거짓말을 했다.

재밌는 일이지만 자신의 말은 그를 충격 속으로 몰아넣은 것 같았다.

"자네, 혹시 기회가 된다면 우리 와튼 스쿨에서 공부해 볼 생각이 없나?"

"저는 지금 공부를 할 수 없는 형편입니다. 제가 이곳에 온 것은 교수님의 강의를 꼭 듣고 싶어서였을 뿐 다른 이유가 있었던 것은 아닙니다. 학교 측의 허락을 받지 않고 몰래 강의를 들은 것은 정말 죄송합니다."

"죄송할 일이 아닐세. 학문을 배우는 것은 누구에게나 열린 일이잖은가. 언제든지 와서 공부해도 자네를 나무라는 일은 없을 거야. 하지만 그 사정이란 건 알고 싶구만."

빈 스카터 교수가 실망한 표정을 지으며 최강철을 바라보았다.

언제부턴가 그의 모습을 발견했음에도 지금까지 내색을 하지 않은 것은 가끔가다 이렇게 펜실베이니아의 명성에 이끌려 오는 학생들이 있었기 때문이다.

학문을 배운다는 것은 도둑질이 아니라는 평소 그의 신념이 최강철의 존재를 외면하게 만든 이유였다.

그때 누군가로부터 그를 깜짝 놀라게 만드는 말이 흘러나왔다.

"교수님, 저 사람은 최근에 벌어진 헌즈 대 헤글러의 오픈 게임으로 출전했을 만큼 대단한 실력을 가진 복싱 선수입니다."

최강철은 수업이 끝나자 뒤도 돌아보지 않고 강의실을 빠져

나갔다.

학생들이 그가 복싱 선수라는 걸 알아봤기 때문에 귀찮은 일이 생길지도 모른다는 생각 때문이다.

치기다.

미래의 경제 이론을 꺼내 들어 교수를 놀래게 만들었기 때문에 강의실에 있었던 학생들은 전부 그의 존재에 대해서 궁금증을 숨기지 못했다.

뒤에서 급한 걸음이 다가온 것은 산책로를 지나 주차장으로 향하고 있을 때였다.

"강철 씨, 잠깐 기다려요!"

그녀다. 서지영이 빠르게 달려오며 자신을 부르고 있었다.

"무슨 일이죠?"

"헉, 헉. 시간 있으면 잠깐 저랑 이야기 좀 해요."

"저와 아직 할 이야기가 남았나요?"

"잠깐… 숨 좀 돌리고요."

허리를 접은 그녀가 한참 동안 헐떡거리며 숨을 고르는 걸 보면서 최강철이 어이없는 표정을 지었다.

서지영은 허리를 굽힌 채 자신을 쳐다보고 있었는데 혹시라도 그냥 갈까 봐 경계하는 눈빛을 보내고 있었다.

잠깐 시간이 지나자 서지영이 허리를 펴고 한 걸음 앞으로 다가왔다.

"설마, 그냥 가려고 한 건 아니죠?"

"가려던 거 맞는데요."

"우리 할 이야기가 있잖아요. 그런데 그냥 가면 어떡해요."

"예?"

"지금 나한테 화난 거 맞죠. 그래서 일부러 못 본 체한 거 잖아요?"

눈을 들어 자신을 빤히 바라보는 그녀의 시선을 받자 저절로 입맛이 당겨졌다.

맞는 말이다. 어쩌면 자신의 말을 믿지 못한 그녀에게 원망하는 마음이 있었기에 본체만체한 건지도 모른다.

그랬기에 최강철은 쓴웃음을 지으며 천천히 입을 열었다.

"화난 거 아닙니다. 그렇다고 그리 유쾌한 것도 아니었죠. 말을 믿어주지 않는 걸 알면서 유쾌하다면 그놈은 머리에 나사가 빠졌거나 성인군자, 둘 중 하나 아니겠습니까?"

"그래서 그동안 안 온 거예요?"

"그럴 리가요. 그동안 바빠서 못 왔을 뿐이에요."

"뛰어와서 그런가 목말라요. 저번에 내가 커피 샀으니까 이번에는 강철 씨가 음료수 사주세요."

거참, 환장하겠네.

이 여자 도대체 나한테 왜 이러는 건지 모르겠다.

결국 그녀와 함께 캠퍼스를 나서서 카페에 들어가 자리에 앉을 수밖에 없었는데 그때부터가 고문이었다.

서지영의 사과는 단도직입적이었고 너무 적나라해서 듣는 순간 얼굴이 다 벌겋게 변할 정도였기 때문이다.

"그만합시다, 그런 얘기."

"그럼 사과 받아주는 걸로 알고 더 이상 말하지 않을게요. 아, 속이 다 후련해요. 그동안 무척 미안했거든요."

"원래 성격이 그렇게 솔직합니까?"

"내숭 떠는 성격은 아니에요."

그녀가 유쾌하게 웃으며 남아 있는 음료수에 예쁜 입술을 가져다 댔다.

행동을 보니 음료수를 마시고 자리에서 일어날 생각인 것 같았다.

"지영 씨, 궁금한 게 있는데 뭐 하나 물어봐도 됩니까?"

"뭔데요?"

"여기 학생들은 졸업하면 대체적으로 어디에 취직하죠?"

"그건 사람마다 다 달라요. 능력에 따라 스카우트 조건이 다르기 때문에 뭐라고 말하기가 그러네요. 하지만 대체적으로 물었으니까 대체적으로 말해줄게요. 여기 졸업생들은 대부분 미국 내의 일류 기업들에 스카우트돼요. 강철 씨도 알겠지만 이곳에 있는 사람들은 베스트 중에 베스트들만 모여 있거든요."

"혹시 투자 전문 회사에 가는 사람들도 있습니까?"

"그거야 당연히 있죠. 거기도 경영의 일부잖아요. 특히 투자 전문 회사는 조건이 좋아서 졸업생들이 가장 선호하는 기업이에요."

"그렇군요. 지영 씨도 그런가요?"

"그럼요, 저도 그쪽 분야에서 일해보고 싶은걸요."

제21장
허리케인

서지영이 돌아왔을 때 클로이와 수잔은 자신의 룸에 퍼질러 앉아 공부를 하고 있는 중이었다.

하여간 공부에 미친 애들이다.

버젓이 자신들의 방이 있음에도 여기까지 와서 죽치고 있는 건 최강철을 쫓아간 자신이 어떤 일을 벌였는지 궁금했기 때문일 것이다.

룸으로 들어서자 친구들의 시선이 반짝반짝 빛나기 시작했다.

"야, 왜 이제 와. 지금까지 그 남자와 같이 있었던 거야?"

"우와, 벌써 모텔 갔다 온 건 아니겠지?"

클로이가 먼저 물었고 그 뒤를 수잔이 받으며 어이없는 질문을 해댔다.

친구들은 김칫국 먼저 마시며 최강철이 운명적인 사랑이라는 등 어이없는 소리를 해댔지만 서지영은 그런 소리들에 대해 대꾸조차 하지 않았다.

사람이 살면서 운명적인 사랑이 어디 있고 운명적인 인연이라는 게 어디 있단 말인가.

물론 첫눈에 반했다는 말은 들어봤다.

하지만 그것은 평소 생각하는 이상형을 만나면서 강한 인상을 받았다는 것이지 사랑에 빠졌다는 뜻은 아니다.

그녀들의 호기심 어린 시선을 받으며 서지영이 아무 일 없다는 듯 옷을 갈아입자 두 여자의 성화가 극에 달했다.

"지금 너 우리 궁금하게 만들어서 죽일 생각이지? 빨리 말 안 해?"

"쫓아가서 뭐 한 거니. 마음에 든다고 고백했어. 그러니까 사귀자고 하디?"

클로이와 수잔이 번갈아 가며 소리를 질렀다.

그녀들은 더 이상 기다릴 수 없다는 듯 서지영의 앞쪽으로 바짝 다가와 레이저 광선을 쏘아내고 있었다.

그러나 서지영이 빙그레 웃으며 입을 열자 단박에 호기심이 가득 찬 시선으로 즉시 입을 닫았다.

"미안하다고 했어. 오해해서."

"그랬더니?"

"받아준다고 하더라. 조금 불쾌했었지만 자신이 생각해도 그럴 수 있었던 일이라며 웃었어."

"사귀자고 했니?"

"이 바보야, 우린 겨우 두 번째 만났어. 넌 두 번 본 남자한테 사귀자는 말이 나온다고 생각해?"

"왜 못 해. 운명적인 사랑이잖아!"

"누가 운명이래. 넌 참 이상한 애야. 그 사람하고 나하고 어떻게 운명적인 사랑이 된 거니?"

"남자 보기를 돌같이 하던 서지영이 두 번이나 쫓아갔잖아. 그 정도면 운명적인 사랑 아니야?"

"정말, 내가 못 산다."

서지영이 가슴을 두드리자 클로이가 두 눈을 동그랗게 뜨고 이해할 수 없다는 표정을 지었다.

여자가 남자를 두 번이나 쫓아갔다면 당연히 마음에 들어서 그랬을 거란 추측을 하고 있었는데 전혀 다른 말이 튀어나오자 가자미눈을 한 채 의심의 눈초리를 보내왔다.

그건 수잔도 마찬가지였다.

"그러면 왜 지금까지 부인하지 않았어. 우린 네가 그 사람을 좋아하는 줄 알았잖아!"

"재밌으라고 그랬다."

"아이고."

"오늘 그를 만난 건 정말 사과를 하려던 것뿐이야. 그동안 계속해서 미안했거든. 이젠 마음이 편안해졌어. 다른 사람을 오해하고 의심한다는 건 좋은 게 아닌 것 같아."

"에이 씨, 그럼 별거 아니라는 거야?"

"그래, 별거 아냐. 다음에 만나면 편하게 대화하자고 했어. 그 사람이 다음엔 너희들도 같이 봤으면 좋겠다고 하더라."

"정말?"

"넌 내가 거짓말쟁이로 보이니?"

"호호… 그럴 리가. 그래서 그 사람 언제 온다는데?"

"시합 잡히기 전까지는 계속 온다고 하더라. 요즘 할 일이 없어서 심심하대."

"잘됐다. 우리 같이 수업 끝나고 맥주 한잔하자. 우리 지영이가 마음에 없다니까 내가 접근해 봐야겠어. 그 사람 오늘 보니까 더욱 멋지던걸. 난 교수님이 질문했을 때 그 사람 입에서 그런 대답이 나올 줄을 꿈에도 생각하지 못했어. 우와, 대체 자원 경제라… 난 그런 말 처음 들어봐."

"복싱 선수가 경영학도라니 얼마나 멋있니. 나도 기대된다, 얘."

"넌 왜 기대돼. 남자 친구도 있는 애가."

"남자들은 많을수록 좋은 거야. 사랑은 변하는 거잖아. 안 그래?"

장난스럽게 클로이가 대답하자 서지영이 입꼬리를 올리며 손을 번쩍 치켜들었다.

말은 그렇게 하지만 클로이는 대학 입학생 때 사귀기 시작했던 존과 벌써 3년째 연애를 하고 있는 중이었다.

여기가 미국이란 점을 감안한다면 열녀문이라도 세워줘야 할 판이었다.

"그런데 왜 이렇게 시간이 많이 걸렸어. 벌써 2시간이 훌쩍 지났잖아?"

"그 사람이 뭘 자꾸 물어봐서 오래 걸렸어."

"뭘 물어봤는데?"

"너희들이 들으면 조금 어이없을 것 같은데……. 그 사람, 투자 전문 회사를 만들려고 준비 중인가 봐. 그래서 설립 조건과 정부의 지침, 규제, 세금 이런 걸 묻더라."

"호호… 말도 안 돼. 그 사람 나이가 몇인데 투자 전문 회사를 만들어? 농담한 거 아니야?"

"농담 아니야. 벌써 주식에 38만 달러 정도가 있단다. 내년 정도면 설립 기본 자금은 확보할 수 있다고 했단 말이야."

"우와, 갈수록 흥미로운 얘기네. 복싱 해서 돈 많이 벌었나

보다."

"그래서 내가 알아본다고 했어. 나도 투자 전문 회사는 말만 들었지 상식적인 거 말고는 아는 게 별로 없거든. 사실 나도 긴가민가해. 너무 어린 나이에 회사를 만든다는 게 쉬운 일이 아니잖아. 내가 알아보겠다고 했던 건 갑자기 창피하단 생각이 들어서였어. 가만히 생각해 보니까 투자 전문 회사에 취직하겠다는 생각을 하고 있으면서 내가 아는 게 아무것도 없더란 말이지. 그래서 쿨하게 알아봐 준다고 한 거야. 내 공부도 될 겸 해서."

"옳지, 잘했다. 그렇게라도 만나야 인연이 되든 사랑이 되든 하지."

"너 자꾸 이상한 쪽으로 몰고 가면 나 말 안 한다!"

"쏘리, 그냥 해본 소리야. 그래서 그다음은?"

"그 사람 알고 보니까 농담도 잘하더라고. 아주 재밌는 사람이야."

"왜, 뭐라고 그랬는데?"

"자기가 투자 전문 회사를 설립하면 나보고 회사를 운영해 달래. 돈 많이 준다면서. 재밌지 않니?"

"호호호… 정말 재밌는 사람이네. 천하의 서지영을 뭘로 알고 그런 작은 회사에 취직하라는 거야. 혹시 네가 마음에 들어서 농담한 거 아닐까?"

"당연히 농담이지. 그 사람이 나에 대해서 뭘 안다고 그런 제안을 했겠어."

"그래서 너는 뭐라고 대답했어?"

"농담은 농담으로 받아주는 게 예의잖아. 그래서 그러자고 했어. 나 잘했지?"

최강철은 꾸준히 펜실베이니아 대학에 가서 강의를 들으며 시간을 보냈다.

서지영의 친구들인 클로이와 수잔을 같이 만나서 밥도 먹었고 맥주를 마시면서 많은 이야기를 나눴다.

즐거웠다.

천재 중의 천재들인 그녀들과의 대화는 재밌고 유익했으며 새로운 세상을 열어가는 활력소였다.

하지만 그런 일들은 시합이 잡힐 때마다 한동안 끊어질 수밖에 없었다.

그의 본업은 현재까지 복싱 선수였으니 말이다.

5일 전에 벌어진 휘슬러와의 경기까지 4번의 시합을 치러 전부 KO승을 기록했기 때문에 라이언 캐슬러와의 시합에서 승리 후 북미 랭킹 10위에 올랐던 그의 포지션은 승수가 계속 쌓이면서 1위까지 치고 올라간 상태였다.

그 이면에 작용한 것은 당연히 돈 킹의 힘이었다.

WBA, WBC를 완전 장악하고 있는 그의 능력은 최강철의 포지션을 단 10개월 만에 상위 랭커로 등극할 수 있도록 만들었던 것이다.

최강철의 위상은 관중 숫자로 확인될 만큼 커진 상태였다.

기존의 팬들과 헌즈 대 헤글러전을 통해 전 세계 복싱 팬들에게 강한 인상을 남겼기 때문인지 2번 치러진 로컬 메인 게임에서도 그의 시합은 만원을 이루었다.

그러나 그의 인기가 결정적으로 커진 것은 최근 럼블 측이 주최한 세계 타이틀전에 그를 오픈 게임으로 2번이나 출전시켰기 때문이다.

"허리케인 초이."

미국 복싱 팬들이 그를 부르는 이름이었다.

경기가 벌어질 때마다 최강철은 압도적인 스피드와 테크닉, 불꽃같은 콤비네이션으로 상대를 쓰러뜨려 그의 경기를 볼 때마다 관중들은 열광 속에서 빠져나오지 못했다.

위상의 변화. 시간이 갈수록 최강철은 미국 복싱 팬들에게 강렬한 인상을 심어주며 인기 복서로 거듭 성장하는 중이었다.

1985년 12월 31일.

또다시 한 해가 마무리되는 순간이 찾아왔다.

그동안 미국으로 넘어와 12전 12KO승을 거두며 북미 랭킹

1위까지 올라섰으니 복서로서 충분히 성공한 시간이었다.

더군다나 그의 증권 계좌에는 무려 150만 달러라는 거금이 예치되어 있었다.

최근 벌어진 4경기를 전부 이기면서 계약서에 명시된 최고 금액인 30만 달러를 계속 수령했는데 최강철은 이 돈을 똑같은 주식에 투자했다.

수익률이 무려 28%에 달했다. 1년 만에 거둔 수익치고는 상당한 성과가 아닐 수 없었다.

일행이 거실에 모인 것은 저녁 6시가 다 되었을 때였다.

윤성호와 이성일에게는 투자하라는 강요를 하지 않았다.

그들의 돈은 그들의 것이었고 그들은 써야 할 곳이 많았기 때문에 투자를 강요하는 건 옳은 일이 아니었다.

오랜만에 마트에 가서 먹고 싶은 것을 잔뜩 산 후 집으로 돌아와 망년회 준비를 했다.

주로 음식을 준비한 것은 윤성호였지만 최강철과 이성일도 채소를 다듬으며 그를 도왔다.

윤성호는 절대 두 놈이 그냥 노는 꼴을 두고 보지 않았다.

"야, 거기 가스레인지에 불 좀 줄여. 무려 김치찌개다. 그거 넘쳐서 국물이 손상되는 몰상식한 사태가 벌어지면 죽을 각오해. 강철이, 너는 기름장 좀 만들어. 야, 인마. 참기름을 그렇게 많이 부으면 어떡해. 아이고, 이것들을 정말……"

끊임없는 잔소리.

황인혜에게 부탁해서 교민들에게 그 귀하다던 김치를 얻었고 참기름과 된장과 고추장까지 마련했다.

그들이 한국에 있을 때 자주 먹던 삼겹살을 보는 순간 이성일은 눈물까지 흘리는 시늉을 했을 정도니 오늘의 파티가 망가진다면 그야말로 초죽음이 예상되는 긴장된 순간이었다.

자글자글.

삼겹살이 익어가는 소리에 최강철과 이성일이 침을 꿀깍 삼키며 두 눈을 떼지 못했다.

고소한 냄새. 이 얼마 만에 맡아보는 삼겹살 냄새란 말인가.

음식이 마지막 향기로운 냄새를 내기 시작할 때부터 윤성호는 두 놈을 멀찍이 떨어뜨리고 장인의 정신으로 마무리에 정성을 다했다.

이윽고 그의 손에 하나씩 반찬들이 식탁에 차려지자 최강철이 시합에 이긴 놈처럼 두 팔을 번쩍 치켜들었고 이성일이 함박웃음을 터뜨리며 몸 둘 바를 몰라 했다.

"이제 다 끝난 거죠?"

"조금만 더 기다려. 호박전하고 생선전을 부쳐야 하니까 손대면 안 돼!"

"거 대충하고 그만 먹읍시다. 기다리다가 허기져서 죽으면 관장님이 책임질 거예요?"

"이 자식아, 곧 인혜 씨 도착한다고 했어. 손님 불러놓고 우리 먼저 먹으면 그게 사람이냐, 짐승이지?"

"아이고, 그 누나는 금방 도착한다더니 왜 안 오는 거야. 우와, 사람 미치겠네."

그때 문이 열리며 황인혜가 모습을 드러냈다.

호랑이도 제 말 하면 나타난다더니 꼭 그 짝이었는데 황인혜는 호랑이가 아니라 남자를 홀리기라도 하려는 듯 천사 같은 모습으로 들어서고 있었다.

"아이고, 이게 누구세요. 어디 파티라도 가시나요?"

"응, 파티에 초대받아서 왔잖아. 성일이 네가 초대한 거 아니었어?"

"그럴 리가요. 나는 조기서 열심히 음식 준비 하고 계시는 관장님이 전화하라고 난리를 피워서 협박에 못 이겨 전화했을 뿐입니다."

"호호… 그랬어?"

"어, 어. 관장님. 혹시 그 아까운 김치찌개를 나한테 부으려고 그러는 건 아니죠?"

이성일이 엉덩이를 빼면서 뒤로 도망갔다.

어느새 다가온 윤성호가 김치찌개를 든 채 그를 노려보고 있었기 때문이다.

하지만 범인이 뒤로 도망가고 천사가 앞에 나타나자 그의 눈은 언제 그랬냐는 듯 순한 양으로 변했다.

"인혜 씨, 어서 와요. 나름대로 열심히 준비해 놨는데 마음에 들지 모르겠습니다. 앉으세요. 거의 음식 준비가 다 됐으니까 금방 식사할 수 있을 겁니다."

"냄새가 너무 좋아요. 음색 냄새를 맡으니까 배에서 밥 달라고 마구 아우성치는데요."

"누나, 김치찌개 먹어본 적 있어요?"

"그럼, 나 한국 사람이야. 여러 번 먹어본 적 있어."

"삼겹살은요?"

"한국 친척집에 놀러갔을 때 먹어본 적 있어. 정말 맛있더라."

"그렇군요. 아깝다. 성일아, 누나가 김치찌개도 먹고 삼겹살도 먹는단다. 이걸 어쩐다냐. 우리 몫이 줄어들었어."

"에이, 천사가 먹으면 얼마나 먹겠냐. 우리가 조금 양보하지, 뭐."

최강철이 익살스러운 표정으로 농담을 하자 이성일이 태연하게 뒤를 이으며 황인혜가 편하게 앉을 수 있도록 의자를 꺼내주었다.

어디서 배웠는지 나름대로 신사도를 보여주며 이성일은 한껏 폼을 잡았다.

웃긴 놈.

최강철이 주먹을 치켜드는 걸 보며 황인혜가 깔깔거리며 웃을 때 열심히 음식을 나르던 윤성호가 마지막 음식인 삼겹살을 접시에 담은 채 식탁으로 다가왔다.

"자, 이제 먹읍시다."

"잠깐, 스톱! 결정적인 걸 안 가져왔잖아요."

이성일이 뒤늦게 생각났는지 벌떡 일어나 냉장고를 향해 달려갔다.

그런 후 양손에 뭔가를 들고 식탁을 향해 의기양양한 모습으로 되돌아왔다.

그가 들고 있는 것을 본 황인혜가 손뼉을 치며 반색을 했다.

"우와, 소주다."

"소주도 마실 줄 알아요?"

"당연하지!"

             *   *   *

나는 다시 돌아오면서 어떤 삶을 살고 싶어 했던가.

전생에서 겪었던 그 비참한 인생.

남에게 치이고 가난에 시달리며, 가족이 망가지는 것을 찢어지는 가슴으로 지켜봐야 했던 그 아픔을 다시는 겪고 싶지 않았다.

그랬기에 나는 이번 삶에서는 누구보다 행복하게 사는 게 꿈이었다.

그 누구에게도 당당하게 맞설 수 있고 풍족한 돈을 벌어 내가 하고 싶은 일들을 마음껏 해보면서 인생을 즐기고 싶었다.

내가 복싱을 선택한 것은 아무것도 없는 집안의 막내아들로서 단기간에 막대한 돈을 벌 수 있는 수단이 그것뿐이라고 생각했기 때문이다.

어쩌면 운명이자 필연이다.

루시퍼가 나에게 선사해 준 지치지 않는 체력과 운동신경은 복싱에 최적화된 것이었고 새로 얻은 강철 같은 심장은 시합을 할 때마다 전율 같은 흥분과 투지를 불러일으켰다.

점점 돈이 쌓이면서 수시로 생각에 잠겼다.

나에게는 루시퍼가 준 천재적인 두뇌와 더불어 미래에 대한 기억이 있었기에 앞으로 살아가야 할 삶에 대한 선택이 필요했다.

돈을 벌 수 있는 전제 조건은 명확했다.

미래에 대한 기억이 있으니 기업을 운영해서 돈을 버는 것은 쉬운 일일 것이다.

하지만 그것보다 훨씬 효율적이고 간단한 방법이 수도 없이 많은 이상 지금은 타인의 관여와 감시를 받으며 기업을 운영할 이유가 없다.

더군다나 현재는 자신의 기억이 명확하게 발생되는 시기가 아니었으며 본격적으로 복싱이 궤도에 오르고 있었으니 사업을 생각할 때가 아니란 판단을 내렸다.

그럼에도 투자 전문 회사를 준비하고 있는 것은 코앞으로 서서히 미국의 경제를 박살 낸 블랙 먼데이가 다가오고 있었기 때문이다.

위기는 기회였고 미래를 아는 자에게는 더없이 커다란 행운으로 다가온다.

서지영에게 투자 전문 회사에 대해서 이야기한 이유는 훨씬 더 간단했다.

비록 그녀가 세계 최고라는 펜실베이니아의 학생이었으나 자신이 지닌 미래에 대한 지식을 감안한다면 그리 중요한 존재가 될·수 없었다.

그것은 뉴욕 맨해튼을 주름잡는 세계 최고의 전문가나 경영학의 대가들이라 해도 마찬가지다.

자신의 능력이 부족해서 돈을 벌기 위해 누군가의 도움을 받아야 한다면 당연히 그래야 했겠지만 그에게는 그런 것이 필요 없다.

외로웠을 뿐이다.

돌아온 후 지금까지 5년의 시간 동안 새로운 인생을 전생처럼 비참하게 살지 않기 위해 이를 악물고 앞만 보며 살아왔기에 조금씩 쌓여온 외로움이 그녀를 붙잡게 만든 이유였다.

그녀가 미안하다는 말을 남기고 자리에서 일어나려 할 때 이미 전부 알아본 투자 전문 회사의 설립 방법, 정부의 규제 등에 대해서 물은 것은 그녀와 조금 더 같이 있고 싶다는 마음과 다시 만났을 때의 어색함을 없애기 위함이었다.

누군가와 편하게 대화할 수 있다는 즐거움을 가지고 싶었다.

비록 숙소에는 윤성호와 이성일이 자신을 기다리고 있을 테지만 그들과 전혀 다른 세상에서 살아가는 서지영과 친구들의 존재는 1년이 지난 지금 더없이 소중한 일상이 되어 있었다.

최강철은 오늘도 서지영과 그녀들의 친구들을 만나 저녁을 먹으며 즐거운 시간을 보냈다.

언제부턴가 여유를 찾기 시작했다.

복싱을 처음 시작했을 때는 피지컬을 끌어 올리기 위해 미친 듯 운동에 열중했지만 피지컬이 완성되자 그럴 이유가 없어졌다.

그녀들은 이제 4학년으로 진학하기 때문에 고향에 돌아가지 않은 채 펜실베이니아에 머물고 있는 중이었는데 장래에 대한 고민이 많았다.

누군가와 친분을 쌓으며 알아간다는 것은 인간이 지닌 기초 행동이지만 거기에는 수많은 고민과 갈등, 그리고 기쁨이 함께했다.

서지영으로부터 시작된 관계는 클로이와 수잔을 편안한 친구로 만들어주었다.

그녀들과 수많은 대화를 나누었다.

경영과 경제에 관한 의견도 많이 나누었으나 인생에 대한 고민과 사랑, 추억, 가족 등에 관한 이야기가 주를 이루었다.

하지만 미래에 대한 것에 대해서는 절대 입을 열지 않았다.

믿어주지도 않겠지만 그런 것을 함부로 입에 올려 주목받는 건 말도 안 되는 행동이기 때문이다.

그가 집으로 돌아온 것은 저녁 10시가 다 되었을 때였는데 문을 열어준 윤성호의 입꼬리가 바짝 올라가 있었다.

"아주 거기 가서 살지 그러냐?"

"그렇지 않아도 심각하게 고민하고 있어요. 관장님하고 성일이는 낚시 때문에 보기 어려우니까 외로워서 힘들거든요."

"그게 외로운 얼굴이구나. 내가 보기에는 즐거워서 미친놈 같아 보이는데."

"하하… 그렇긴 하죠. 미녀들과 시간을 보내는 것처럼 즐거운 게 어디 있어요. 관장님도 인혜 누나하고 데이트할 때 그런 느낌 없었어요?"

"야, 그건 즐거움이 아니라 노동이야."

"왜요?"

"인혜 씨가 잠시도 긴장을 풀지 못하게 만들거든. 어째 그 여자는 시간이 갈수록 무서워지는지 모르겠다."

"그건 관장님이 좋아해서 그래요. 점점 좋아지니까 점점 힘들어지는 거 아닐까요?"

"어려운 소리 하지 마라. 머리 아프다. 그런데 너 진짜 지영인가 걔하고 사귀는 건 아니지?"

"왜요. 사귀면 안 돼요?"

"조심해, 인마. 복싱 선수는 여자를 사귀는 순간 끝이야!"

"하아, 고리타분한 소리 또 하시네. 그럼 결혼해서 애까지 난 복싱 선수들은 전부 뭐에요? 나, 보기보다 불쌍한 놈이라고요. 지금까지 독수공방. 응, 이 나이 되도록 관장님 감시하에 여자 친구 한 명 사귀어보지 못했는데 그런 소리가 나와요?"

"그런가?"

"관장님, 그러는 거 아닙니다. 나도 관장님처럼 사랑이란 거 해보고 싶다고요."

"어머, 애 봐. 큰일 날 놈이네."

최강철이 고개를 빼 드며 항의하듯 대들자 윤성호가 두 눈을 동그랗게 만들었다.

말대로라면 이미 열렬한 사랑에 빠진 놈처럼 행동했기 때문이다. 하지만 그의 눈에 담겨 있는 장난기를 본 순간 입맛을 다시며 오른손을 번쩍 치켜들었다.

이놈은 틈만 나면 자신을 놀리는 게 취미다.

"그런데 왜 기다렸어요. 무슨 일 있어요?"

"귀신같은 놈. 그건 또 어떻게 알았대?"

"관장님은 순진해서 얼굴에 다 나타나요. 우리가 어디 하루 이틀 같이 지낸 사입니까. 척 보면 착이죠."

"내일 톰슨이 찾아온단다."

"시합 잡혔답니까?"

"그건 아닌 것 같고, 너하고 할 이야기가 있다고 했어."

"그렇군요. 그런데 성일이 이놈은 벌써 자요?"

즉시 감이 왔다.

시합이 잡힌 걸 알려주기 위해 톰슨이 직접 올 이유가 없었으니 그가 여기까지 오는 건 분명 계약 때문일 것이다.

럼블과의 계약 기간은 이제 두 달 남짓 남았을 뿐이다.

톰슨이 뜨면 황인혜가 반드시 따라온다.

처음에는 마지못해 오는 경우가 많았으나 요즘 와서 그녀는 이곳에 오는 걸 매우 즐거워하는 것 같았다.

"강철, 잘 지냈나. 얼굴이 꽤 좋아 보이는구만."

"해피 뉴 이어. 늦었지만 새해에는 좋은 일만 있길 바랍니다."

"자네도 그러길 바라네."

톰슨이 인사를 하면서 황인혜를 슬쩍 바라보았다.

그가 다시 입을 연 것은 눈치 빠른 황인혜가 윤성호를 데리고 밖으로 나갔을 때였다.

"내가 여기 온 이유는 이미 눈치챘겠지만 계약을 연장하기 위함일세. 세월이 참 빠르지. 벌써 3년이란 시간이 지났으니 말이야."

"시간은 쏘아진 화살이라고 하더군요. 절대 돌이킬 수도 붙잡을 수도 없는 것이죠."

"자네를 처음 봤을 때가 지금도 생생하다네. 그때가 고등학교 2학년 때였지?"

"맞습니다. 세계 선수권대회 때 봤으니까요."

"지금도 그랬지만 난 자네를 볼 때마다 부담을 느낀다네. 자네는 나이에 어울리지 않는 분위기를 가지고 있어. 꼭 노련한 사업가와 마주한 느낌이랄까?"

사실일 것이다.

그의 느낌이 그럴 수밖에 없는 건 시시때때 나타나는 자신의 노련함이 삐죽삐죽 그의 감성과 감각을 건드렸기 때문이다.

"톰슨 씨, 한 가지만 묻겠습니다. 선수로 뛴 3년 동안 나로 인해 얼마나 돈을 벌었습니까?"

"돈을 벌었을 거라 생각하나?"

"그럴 리는 없었겠죠. 아직 빅게임을 만들지 못했으니 손해를 보지 않았다면 다행일 겁니다."

"자네 말이 맞네. 우리가 자네를 데려온 것은 미래를 위함이었네."

"만약에 내가 계약을 하지 않겠다면 어쩔 생각입니까?"

"그렇게 하지 않을 거라고 생각하네."

"왜 그렇게 생각하죠?"

"내가 본 자네는 누구보다 의리와 정이 있는 사람이었으니까."

"한 달 전에 누군가가 나를 찾아온 적이 있습니다. 그는 자신이 밥 애런 프로모터의 찰리 헌이라고 하더군요."

"정말인가?"

"그 사람은 나한테 새하얀 한 장의 종이를 내밀었습니다. 백지수표는 럼블 쪽도 많이 쓰는 거니까 잘 아시겠네요."

"음……."

"그 사람은 나한테 어떤 조건도 수용할 준비가 되어 있다고 했습니다. 믿기십니까?"

"믿네. 그래서 뭐라고 그랬나?"

"싫다고 했습니다. 아직 럼블 쪽에 신세를 갚지 못했거든요."

"정말인가?"

"나는 거짓말을 싫어합니다. 그리고 톰슨 씨에게 고마움을 느끼고 있습니다. 따라서 럼블이 합당한 계약 조건을 내민다면 나는 톰슨 씨와 계약할 생각입니다."

"고맙네. 우리가 줄 수 있는 선에서 최대로 맞춰보겠네. 그러니 자네의 생각을 말해주게."

"3년 계약, 계약금은 100만 달러. 경기 개런티는 탑다운 방식으로 30만 달러부터 시작하는 거로 하죠. 탑은 100만 달러, 다운은 10만 달러입니다. 하지만 제가 세계 챔피언에 올랐을 때는 별도 계약을 하겠습니다. 괜찮겠습니까?"

"좋네, 그렇게 하지."

톰슨은 최강철의 제안을 즉시 받아들이며 희미하게 웃었다.

기가 막히다.

자신이 최후에 제시하고자 했던 계약 조건과 정확하게 일치하는 조건을 내밀었으니 윗선에 보고해야 할 이유도 없었고 시간을 끌 이유도 없었다.

늘 생각하는 거지만 최강철은 정말 머리가 좋은 것 같았다.

그랬기에 그는 일차적으로 가져왔던 계약서를 아예 꺼내 들지도 않았다.

"고맙네, 곧 계약서를 작성해서 가져오겠네."

"서두르지 않아도 됩니다. 내 마음은 변하지 않을 테니까요. 그런데… 타이틀전에 관한 진척은 없습니까?"

"지금 움직이고 있는 중이야. 더스틴 브라운 쪽과 지금 협상 중이니까 조금만 더 기다리게. 그놈들은 경기를 치른 지한 달밖에 안 된다면서 자꾸 뒤로 빼고 있어."

"겁쟁이군요."

"강철, 농담하지 마. 자네도 그놈을 잘 알면서 그러나."

"사람은 겉으로 보는 것과 다를 수도 있습니다. 혹시 압니까, 그놈이 엄청난 겁쟁이일지."

최강철이 놀란 눈으로 바라보는 톰슨을 향해 피식 웃으며 중얼거렸다.

하긴, 말도 안 되는 일이다.

더스틴 브라운의 별명은 링의 도살자였다.

25전을 싸워서 지금까지 무패 가도를 달리며 북미 타이틀을 5차례 방어하고 있었는데, WBA와 WBC 랭킹 7위를 차지하고 있는 중이었다.

현란한 테크닉을 보유했고 21KO승을 기록할 정도로 펀치력도 뛰어나 강력한 차세대 챔피언으로 거론되는 놈이었다.

최강철이 웃자 잠시 놀란 눈을 했던 톰슨의 표정도 비실거리며 풀렸다.

이 와중에 농담하는 최강철의 배짱이 너무나 마음에 들었기 때문이다.

상대에 대한 두려움이 조금도 없으니 항상 느끼는 것이지만 이놈은 전사 중의 전사다.

"내가 알기로 그놈 쪽 움직임이 이상해. 협상이 진행되지 않는 걸 보면 뭔가 있는 것 같아."

"뭐가 말입니까?"

"아무래도 소속 프로모션을 옮길 생각인 모양이야. 그동안 더스틴 브라운은 세계 챔피언에 도전하지 못하는 걸 가지고 불만이 많았다더구만."

"럼블 측은 접근하지 않았습니까?"

최강철이 정곡을 찔렀다.

더스틴 브라운은 현재 웰터급의 강력한 신성중 하나로 그만큼 매력이 넘치는 선수였으니 럼블 쪽도 접근했을 가능성이 컸다.

하지만 톰슨은 여전히 웃음을 머금은 채 최강철을 바라보며 여유 있게 입을 열었다.

"우리가 왜? 럼블에는 최강철이 있는데 뭐 하러 그놈에게 접근한단 말인가. 강철, 내 보스 돈 킹은 무식해도 의리는 있는 사람일세. 더군다나 우린 자네를 그놈보다 훨씬 높게 평가한다네."

"듣기 좋은 말이군요."

"그냥 하는 소리가 아니야. 솔직히 말하지. 그놈에게 밥 애런이 붙었어. 아마 자네를 영입하려다가 안 되니까 손을 쓴 것 같아. 우리도 뒤늦게 알았네."

"일이 꼬일 수도 있겠군요. 밥 애런은 저한테 맺힌 게 있을 텐데요?"

"정확하게 말하면 자네에게 맺힌 게 아니라 내 보스에게 맺힌 거지. 하지만 걱정하지 말게. 밥 애런이 아무리 도망가도 자네와 더스틴 브라운은 붙을 수밖에 없어. 우리가 반드시 그렇게 만들 테니 말이야."

돈 킹은 톰슨이 계약서를 들고 오자 손뼉을 치며 기뻐했다. 최강철은 그만큼 상품 가치가 뛰어난 놈이었기 때문이다.

"잘했어, 톰슨. 아주 잘했어."

"제가 한 일은 별로 없습니다. 강철은 이미 우리와의 계약을 준비하고 있었으니까요."

"그래?"

"저번에 말씀드린 것처럼 한국 사람들은 정과 의리에 약한 민족입니다. 그 친구 말로는 밥 애런 쪽에서 좋은 조건을 내밀었어도 단칼에 거절했다고 하더군요."

"알고 있었어."

"알고 있었다고요. 어떻게요?"

"그건 내가 보낸 거거든. 그 자식이 어떤 생각을 하고 있는지 떠볼 생각이었다."

"음… 그렇군요."

톰슨이 무겁게 고개를 끄덕였다.

도대체 이 작자들은 속에 몇 마리의 능구렁이가 들어 있는 것일까?

선수들의 일거수일투족은 물론이고 상대 진영에 정보원까지 심어놓고 있으니 자신을 감시하지 않는다는 보장도 할 수 없었다.

더스틴 브라운이 밥 애런과 계약했다는 것도 사실은 돈 킹이 알려준 것이었다.

이것이 자신과 돈 킹의 차이다.

차갑다. 그리고 처절하리만치 냉정해서 일을 추진하는 데 조금의 빈틈도 보이지 않는다.

"그놈이 따로 요구한 건 없던가?"

"있습니다. 강철은 계약하면서 북미 타이틀에 도전하게 해 달라고 하더군요."

"푸하하… 그렇지, 그랬을 거야."

"아무래도 빨리 움직여야 할 것 같습니다. 우리 쪽 입장에서 봤을 때도 그게 좋지 않겠습니까?"

"당연한 거 아니냐. 지금 웰터급은 내가 정신없는 사이에 밥 애런 그 자식이 전부 말아먹고 있잖아. 잃었던 건 찾아와야지. 무슨 수를 써서라도 말이야. 강철 그놈에게 큰돈을 들였으니 이제 본전을 찾아야 되지 않겠어?"

"당장은 어렵습니다. 아직 지명 도전권을 행사하려면 한 게임이 남았으니까요."

"괜찮아. 그 정도를 못 하면 돈 킹이 아니지. 내가 알아서 할 테니까 걱정하지 마."

밥 애런 프로모션은 신년이 되면 매번 소속 선수들을 초청해서 파티를 여는데 소속원들 간의 유대를 넓히고 세계 최고 프로모션에 소속되어 있다는 자긍심을 높여주기 위한 행사였다.

전 체급에 걸쳐 최강이라고 자부하는 놈들이 이곳 파라다이스호텔 리셉션장에 가득 들어찼다.

밥 애런은 검사 출신으로 일찍 돈에 눈이 뜨면서 프로모터로 전환한 후 수없이 많은 빅 이벤트를 개최해서 떼돈을 벌어들인 인물이었다.

인텔리 출신답지 않게 성격이 냉혹하고 수단과 방법을 가리지 않는 것으로 유명했는데 선수 보는 눈은 누구보다 정확해서 슈퍼스타로 키워낸 놈이 셀 수 없이 많았다.

이곳에 모인 선수들을 바라보며 밥 애런은 만족스러운 웃음을 연신 흘렸다.

래리 홈즈, 듀란, 헌즈, 아르게요, 아론 프라이어 등 이름만 대면 전 세계 복싱 팬들이 환장할 만한 놈들이 대거 포진되었으니 보는 것만으로 배가 부를 지경이었다.

파티의 생명은 즐거움이다.

주먹질로 인생을 살아가는 놈들을 즐겁게 만들어주기 위해서는 술과 여자가 반드시 필요했다.

그랬기에 이곳에는 그가 초청한 여자 연예인들과 모델들이 가득 들어차 있었다.

그의 초청을 거부한 여자들은 거의 없었다.

한순간의 인연으로 슈퍼스타와 잠자리를 갖게 된다면 유명세와 더불어 엄청난 돈방석에 앉을 수 있었으니 그런 기회를 그녀들이 놓친다는 건 말도 안 되는 일이었다.

밥 애런은 선수들과 미녀들 사이를 돌아다니며 연신 술잔을 부딪쳤다.

얼굴에 미소를 잔뜩 담고서.

대단한 실력을 가진 놈들답게 행동이 천차만별이고 예의

없게 행동하는 놈들도 부지기수였으나 밥 애런은 놈들의 행동에 맞춰주며 유쾌함을 잃지 않았다.

놈들은 전부 막대한 돈을 벌어주는 기계들일 뿐인데 잠시의 분노로 기계를 고장 낼 이유가 없었다.

한동안 슈퍼스타들 사이를 돌아다니다가 그가 걸음을 멈춘 곳은 최근 큰 비용을 들여 영입한 더스틴 브라운의 앞이었다.

독사 같은 눈을 가진 놈이다.

벌써 3번째 만났지만 놈은 언제나 차갑게 가라앉은 눈으로 자신을 봤는데 존경심이라고 눈을 씻고 찾아도 볼 수 없었다.

하긴, 이놈의 이런 태도와 실력 때문에 영입을 주저하지 않았다.

링의 난폭자.

시합을 할 때마다 철저하게 냉정한 눈으로 상대를 관찰하며 압살해 나가는 그의 복싱 스타일은 관중들에게 탄성을 자아내게 만들 정도로 훌륭한 것이었다.

하렘가에서 자랐다고 했던가.

특유의 불량스러움을 가졌고 제대로 못 배웠기 때문인지 예의라고는 눈곱만큼도 없었으나 그는 두 가지 이유 때문에 그를 주저 없이 선택했다.

첫 번째는 레너드가 은퇴했을 때 강력한 대항마로 키우는 것이었고, 두 번째는 바로 최강철을 박살 내기 위함이었다.

돈 킹에게 백만 달러를 송금하면서 이를 부득부득 갈았다.

돈이 문제가 아니다. 자존심에 상처를 받았고 무식한 돈 킹의 비웃음을 참아내야 했던 분노가 그를 그렇게 만들었다.

어제도 그랬다.

놈은 불쑥 전화를 걸어와서 저번 내기를 거론하며 자신의 속을 박박 긁었던 것이다.

개자식이다.

본전을 뽑고 싶다면 북미 타이틀을 놓고 다시 한번 내기를 하자고 했는데 그 말투가 진저리치도록 얄미워 온몸이 떨릴 지경이었다.

"이봐, 브라운. 즐기라고. 여긴 많은 미녀가 있는데 왜 혼자 이러고 있나?"

"재미없습니다."

"뭐라고?"

"여자야 언제든지 안을 수 있는데 뭐가 재밌겠습니까. 나는 싸우기 위해 여기에 왔지 여자를 끼고 놀기 위해 온 게 아니요."

"그러면 뭘 원하나?"

"타이틀전에 도전하게 해줘요."

"타이틀전이라. 챔피언이 되고 싶다는 건 잘 알아. 하지만 시기라는 게 있어. 지금 자네는 타이틀전에 도전할 수 없네."

"무슨 소립니까?"

"챔피언들의 일정이 꽉 차 있기 때문이야. WBA 쪽은 레너드와 헌즈의 2차전이 눈앞으로 다가와 조율 중이고 WBC 쪽은 도널드 커리와 아론 프라이어가 싸울 예정이네. 그런 와중에 자네같이 강력한 적수와 시합을 하려고 하겠는가."

밥 애런이 달래는 어조로 말을 하면서 더스틴 브라운을 추켜세우는 걸 잊지 않았다.

무식한 놈들에게 가장 약발이 잘 먹히는 건 자존심을 세워주는 것이었다.

하지만 더스틴 브라운의 독사 같은 눈빛은 전혀 변하지 않은 채 밥 애런을 쏘아보고 있었다.

"그럼 나는 이대로 늙어 죽으란 말입니까!"

"브라운, 자네는 아직 한창인 나이야. 이제 26살밖에 되지 않았는데 뭘 그리 서둘러. 그놈들의 빅 이벤트가 끝나면 나는 자네의 타이틀 도전 일정을 잡을 생각이야."

"답답한 소리군요."

"기다리게. 그러면 올해가 가기 전에 좋은 소식을 전해주지."

"정말입니까?"

"날 못 믿나?"

계속되는 추궁에 밥 애런이 눈을 지그시 오므리며 더스틴 브라운을 노려봤다.

기어오르는 것도 분수가 있다.

아무리 큰돈을 들여 데려왔다 해도 놈은 소모품에 불과했으니 한계를 넘는 건 용서할 수 없었다.

"넌 네가 엄청난 스타라고 생각하는 모양인데 그건 가소로운 생각이다. 나는 북미 타이틀 홀더 정도는 안중에도 없어. 무슨 말인지 알아들어!"

"그럼 왜 데려온 거요?"

"방금 한 말처럼 나는 너를 세계 챔피언으로 키울 생각이다. 올해 안으로 말이야. 그러니 자꾸 날 자극하는 행동은 하지 마."

"음……."

"그런데 한 가지 문제가 생겼다."

"뭡니까?"

"돈 킹이 키우는 놈이 있어. 들어봤을 거야, 최강철이라고. 알지?"

"압니다. 제법 하는 놈이더군요."

"이번에 그놈 쪽에서 NABF(북미 복싱 연맹)에 지명 도전권을 신청해 왔다. 크게 한판 붙자고 하더군."

"나는 아직 지명 도전을 받으려면 한 경기가 남았습니다."

"왜, 겁나나?"

"크크크……. 지금 나보고 겁나냐고 물은 거요?"

더스틴 브라운의 눈매가 더욱 차갑게 가라앉으며 밥 애런을 쏘아봤다.

자격지심이 아니라 자신감 때문이다.

지금까지 링에 오르면서 상대를 두렵게 만든 적은 많았지만 자신이 두려워한 적은 한 번도 없었다.

간신히 참고 있는 자존심을 긁는 행위는 참을 수 없다.

그랬기에 겨우겨우 예의를 지키던 더스틴 브라운의 입에서 거친 목소리가 튀어나왔다.

그러나 밥 애런의 목소리는 여전히 여유로웠다.

"최강철은 강한 놈이야. 그래서… 고민하고 있어. 나는 돈 킹의 수작질에 말려들 생각이 없거든."

"붙여주십시오."

"뭐라고?"

"지명 도전권을 받아들여 달라고 했습니다. 그놈을 깨뜨리고 타이틀전에 도전하는 것으로 하죠."

"꼭 그럴 필요 없어. 너는 약한 놈들과 몇 경기만 하면 자연스럽게 타이틀전에 도전하게 된다. 그런데 뭐 하러 모험을 한단 말이냐. 다시 말하지만 최강철 그놈은 야수 같은 놈이야!"

"애런, 혹시라도 내가 질까 봐 그러는 겁니까. 이 더스틴 브라운을 뭘로 보고 그런 소릴 하는 거요? 언제라도 상관없어.
그러니까 시합을 잡아줘요. 그놈을 박살 내고 당당하게 타이
틀전에 도전할 테니 말이오."

서지영은 한 달 만에 뉴욕 퀸즈에 있는 집을 찾았다.
엄마가 말바의 고급 주택을 구입한 건 10년 전이었는데 그
녀가 학교 때문에 집을 떠나면서 지금은 이모네 식구들이 들
어와 같이 살고 있었다.
말바의 집에서는 퀸즈와 브롱스를 연결해 주는 화이트스톤
브릿지가 보였고 이스트리버 강가에 인접해 있어 더없이 아름
다운 풍경을 지니고 있었다.
외롭게 지내던 엄마에게 이모는 혈육이기 이전에 더없이 친
한 친구였고 그녀와도 허물없이 지내는 사이였다.
저녁을 먹은 후 정원에 나가 커피를 마시는 시간은 그녀가
가장 좋아하는 것이었다.
아름다운 하늘, 멀리서 보이는 브릿지의 웅장함, 강변을 거
니는 사람들의 웃음소리.
모든 것이 평화로운 이 장면을 그녀와 엄마는 너무나 사랑
했다.
하지만 그 아름다운 것들도 엄마의 신문이 시작되면 금방
현실 속에서 사라져 갔다.

"지영아, 올해만 지나면 졸업인데 결정했니?"

"아직 못 했어."

"얼른 결정해야지. 네 실력이면 당연히 와튼스쿨에 들어가야 되잖아?"

"엄마, 나도 처음에는 그렇게 생각했는데 왜 자꾸 다른 생각이 드는지 몰라. 공부보다는 빨리 회사에 들어가서 돈을 벌고 싶다는 생각이 들어."

"너 또 이상한 소리 한다. 네가 무슨 돈이 필요해. 아버지로부터 물려받은 돈만 해도 평생 동안 먹고살 수 있는데."

"알아. 하지만 인생을 허비하면서 살 수는 없잖아요."

"너, 혹시 무슨 일 있는 거니?"

"없어요."

"거짓말하지 마. 너, 뭔가 이상한 냄새가 난다?"

"무슨 냄새. 아, 맞다. 나 오기 전에 향수 뿌렸어요. 히힛…
라벤더 향수."

김정숙이 눈을 오므리며 째려보자 서지영이 자신의 몸을
더듬으며 냄새 맡는 시늉을 했다.

애교라기보다는 의심을 더욱 부추기는 행동이었다.

그것은 엄마의 입에서 나올 다음 이야기에 대한 기대감이
기도 했다.

"남자 생겼지?"

"아닌데."

"거짓말하지 마. 네 몸에서 남자 냄새 난단 말이야."

"이거 왜 이러세요. 엄마 딸 아직 처녀거든요. 처녀한테서 어떻게 남자 냄새가 난다고 그래. 말도 안 돼."

"이것아, 남자하고 자야만 냄새가 나는 줄 알아! 어떤 놈이야? 솔직히 불어."

이 말을 물어주길 바랐다.

엄마와 그녀는 모든 것을 숨기지 않고 살아온 사이였기에 누구에게도 말하지 못했던 가슴속의 비밀조차 털어놓을 수 있었다.

"아직 사귀는 거 아냐. 그냥 친구로 여럿이 만나고 있어."

"미국 애니?"

"아니, 한국 사람."

"호오, 여긴 한국 사람이 별로 없는데 어떻게 만났어. 유학생이야?"

"호호⋯ 그건 아닌데, 학생이기도 하고, 아니기도 하고."

"얘 봐, 정말 이상하네. 너 지금 네 얼굴이 어떤지 알기나 해? 완전히 바보 같다고."

"엄마, 나 뭐 하나 물어봐도 돼?"

"뭔데?"

"여자가 남자 좋아하면 가슴이 막 뛰고 그러나?"

"너 걔 보면 가슴이 막 뛰고 그래? 바보처럼 웃음 나오고, 안 보면 보고 싶고 그러니?"

"아니… 뭐, 꼭 그런 건 아닌데……."

"아니긴 뭐가 아니야. 그런 것 같구만. 하아, 드디어 우리 딸이 마음에 드는 놈을 만난 모양이네. 아이고, 다행이다."

"엄마, 그러지 마. 자꾸 그러니까 이상해지잖아."

서지영의 얼굴이 발갛게 변해서 몸을 들썩였다.

그 모습을 본 김정숙의 얼굴에서 햇살처럼 밝은 웃음이 흘렀다.

지금까지 한 번도 남자 이야기를 꺼내지 않아서 애를 태우던 딸의 입에서 남자 이야기가 나오자 흥분에 겨워 온몸이 으슬으슬 떨릴 정도였다.

"그 남자도 널 좋아하니?"

"아뇨, 그런 것 같지 않아. 그 남자 목석이거든."

"도대체 그게 무슨… 얼마나 만났는데!"

"1년 정도… 그 전에는 얼굴만 몇 번 봤고 1년 전부터 친하게 지냈어."

"아니, 어떤 놈이 우리 딸처럼 예쁜 여자를 보고도 상사병에 안 걸려. 걔 혹시 뭐가 모자란 애 아니니?"

"엄청 똑똑해. 호호… 그리고 엄청 매력적이야."

"야, 이 팔푼아. 아이고, 이걸 어째. 혹시 걔, 네가 좋아한다는 거 알아?"

"몰라, 우린 지금까지 친구로 지냈거든."

"이 바보야. 하필 처음 하는 사랑이 왜 짝사랑이야. 어쩌려고 그래!"

"엄마, 나 어쩌면 좋지?"

"꼬셔. 네가 좋아하면 무조건 꼬시란 말이야. 예쁘고 순수하게, 그리고 너무 티 나지 않게 접근해서 그 사람이 먼저 좋아하게 만들어야 해. 무슨 말인지 알지?"

"알아요. 그런데 그게 너무 어려운 것 같아."

*   *   *

최강철은 대학가 주변에 있는 펍에서 서지영과 마주 앉아 있었다.

수잔은 오랜만에 집에 다녀오겠다면서 오클랜드로 떠났고, 클로이는 같이 있다가 남자 친구와의 데이트 약속 때문에 먼저 일어났다.

약간은 어두운 조명이었으나 마주 앉아 있는 서지영의 외모는 조금도 빛을 바래지 않았다.

요즘 들어 그녀는 최강철을 만날 때마다 화장을 했는데 예쁜 외모에 화장이 곁들어지자 마치 천사처럼 아름다웠다.

"지영 씨는 점점 예뻐지는 것 같아. 왜 그렇지?"

"칭찬이야?"

"응."

"강철 씨만 모르지 다른 남자들은 진즉부터 알고 있었어. 내가 이래봬도 남자들한테 꽤 인기가 있거든요."

"좋겠네. 남자들한테 인기가 있어서."

최강철이 빙그레 웃자 서지영의 얼굴이 슬쩍 굳어졌다.

이런, 바보. 이런 이야기는 하는 게 아닌데…….

아, 난 왜 이 남자 앞에만 있으면 자꾸 엉뚱한 이야기를 하는 건지 모르겠다.

"강철 씨, 요즘이 가장 한가할 때지?"

"아직 시합이 잡히지 않아서 훈련을 시작하지 않았어. 그래도 무척 바빠. 저번에 얘기한 투자 전문 회사를 준비하느라 정신없이 움직이는 중이거든."

"정말 그거 할 거야?"

"내가 한다고 그랬잖아."

"우와, 이 남자 정말… 그런데 그동안 왜 나한테 얘기 안 했어?"

"결과를 만들어놓고 얘기해 주려고 했지. 원래 말부터 앞서는 남자는 매력 없잖아."

"나한테 매력 있게 보이고 싶었어?"

"당연하지. 지영 씨처럼 아름다운 여자한테 매력적으로 보인다면 세상 모든 여자한테 매력적으로 보인다는 뜻이니까."

그러면 그렇지.

도대체 이 남자는 왜 나를 여자로 보지 않는 걸까?

괜히 가슴이 설레었던 서지영이 얼굴을 살짝 찌푸렸다가 슬쩍 말을 돌렸다.

언제나 포커페이스. 엄마가 말한 것처럼 예쁘게, 그리고 상냥하게, 이 남자가 자신에게 매력을 느낄 때까지 열심히 노력할 생각이다.

"그거 설립하려면 등기 보증 비용이 꽤 들 텐데 주식 판 거야?"

"아니, 계약금 받은 거 있어서 자금은 충분해."

"계약금?"

"이번에 재계약하면서 돈을 받았어."

"복싱 해서 힘들게 번 돈이야. 강철 씨, 신중하게 생각해야 돼."

"많이 생각하고 결정한 거니까 너무 염려하지 마. 난 의외로 치밀한 사람이라고."

"그런데 강철 씨, 왜 그걸 하려고 하는 거야. 그냥 복싱 선수만 해도 돈 많이 번다며?"

"나는 젊어. 청춘의 꿈은 클수록 좋은 거잖아. 젊을 때 힘차게 날아봐야 되는 거 아니겠어. 나도 지영 씨도."

"그래도 너무 위험해. 그런 거 하다가 망한 사람들 많다고 들었어……."

"걱정하지 마. 난 성공할 자신 있으니까. 그런데 지영 씨, 예전에 했던 말 기억 나?"

"뭐?"

"우와, 이 아가씨 벌써 잊었나 보네. 내가 투자 전문 회사 차리면 지영 씨가 도와주겠다고 한 말. 기억 안 나?"

"그걸 아직까지 기억하고 있었단 말이야? 에이, 그거 농담한 거면서 지금까지 기억하면 어떡해."

"농담 아니었는데. 투자 전문 회사를 차리기 위해서는 최소두 사람의 등기 이사가 필요해. 그중 한 명은 반드시 미국 국적을 가지고 있어야 하고. 그래서 제안하는 거야. 지영 씨가 오케이만 하면 난 지영 씨를 내 파트너로 삼고 싶거든."

"정말 거기로 오라는 거야? 난 아직 학생이라서 일을 할 수도 없잖아. 강철 씨, 지금 농담하는 거지?"

"내가 농담하는 것 같아?"

최강철이 부드러운 눈으로 서지영을 물끄러미 바라봤다.

같이 보던 그녀의 시선이 천천히 꺾이며 밑으로 내려갔다.

그녀는 늘 이렇다. 자신이 말없이 바라보면 얼굴이 붉어지며 시선을 제대로 마주치지 못한다.

분명 자신을 마음에 두고 있다는 뜻이다. 그럼에도 아무런 내색조차 하지 않는 걸 보면 지금까지 한 번도 연애를 하지 않았다는 게 저절로 믿어진다.

"내가 왜 지영 씨를 선택했는지 알아?"

"몰라."

"전문가들은 수도 없이 많지만 믿을 만한 사람은 없기 때문이야. 나는 지영 씨처럼 올곧은 사람이 필요해. 마음 놓고 일을 맡길 수 있는 사람이 내 곁에는 거의 없어."

"돈은 사람을 무섭게 변하도록 만드는 괴물이야. 오죽하면 친구끼리는 돈거래를 하지 말라고 그랬겠어. 싫어. 난 그렇게 되는 거 겁나."

"바보구나. 같이 일하자고 했지 내가 언제 돈거래 하자고 그랬어?"

"그게 그 말이잖아. 투자 전문 회사는 돈을 운용하는 곳인데 친구끼리 그런 거 하면 우정이 깨지는 건 순간이라고."

"돈은 내가 운용할 거니까 지영 씨는 옆에서 도와주기만 하면 돼."

"그게 가능해?"

"그럼."

"강철 씨가 생각하는 투자 전문 회사가 어떤 건데 그게 가능해?"

"사모펀드. 나는 내 자금으로 사모펀드를 운용할 거야. 주식과 선물, 유망 기업에 대한 투자, 그리고 부동산. 이 세 가지에만 투자할 거니까 너무 걱정하지 마.

"강철 씨, 자금이 얼마나 되는데?"

"이번에 계약금으로 받은 거까지 합하면 250만 달러 정도가 있어."

"허억!"

최강철의 대답에 서지영의 얼굴이 하얗게 변했다.

불과 1년 전에 35만 달러가 있다고 들었는데 그사이에 엄청난 자금이 불어나 있었기 때문이다.

말도 안 되는 일이다. 아무리 복싱 선수가 돈을 잘 번다고 하지만 이제 23살에 불과한 최강철이 가지고 있기에는 터무니없이 많은 돈이었다.

"물론 이 자금의 운용 결정은 전부 내가 결정하니까 지영 씨가 책임질 일은 아무것도 없어. 내가 돈 버는 데는 감각이 뛰어나거든. 지영 씨가 만약 온다면 투자에 대한 관리와 회사 운영만 해주면 돼. 그러니까 우리 회사에 와서 나를 도와줘."

*　　　　*　　　　*

최강철은 뉴욕 맨해튼에 있는 커피숍 피올라에 앉아 창밖을 바라보았다.

거대한 빌딩 숲 사이로 난 거리에는 사람들의 모습이 보이지 않았다.

오전 11시.

빌딩 안에 가득 찬 사람들은 저마다의 일에 빠져 정신없이 움직이고 있을 시간이었다.

언제 봐도 웅장하다. 그리고 이곳이 세계 경제의 중심이란 생각이 들 때마다 많은 생각에 잠긴다.

얼마나 지났을까.

커피숍 문이 열리며 황인혜가 다가오는 것이 보였다.

"강철아, 갑자기 웬일이야. 무슨 일 생겼어?"

"하하… 내가 누나 좋아하잖아요. 보고 싶어서 왔죠. 설마 관장님이 아니라서 실망한 건 아니죠?"

"그럴 리가 있니. 난 성호 씨보다 우리 강철이 보는 게 더 좋아."

"그런데 왜 들어오면서 내 옆자리를 확인했어요. 그것도 아주 날카롭게."

"호호… 그거야 껌딱지처럼 붙어 다니는 사람이 안 보이니까 그렇지."

처음에는 윤성호 이야기만 나오면 질색하던 그녀가 이제는 자연스럽게 농담으로 받아들였다.

거의 3년이 다 되어가면서 그녀와 윤성호는 언제부턴가 일주일에 한두 번씩 몰래 데이트를 하는 사이로 발전되어 있었다.

"누나, 이번 주 토요일에 뭐 해요? 혹시 시간 나시면 나랑 데이트하실랍니까?"

"너, 연상 좋아하니?"

"누나처럼 매력적인 여자라면 충분히 좋아할 만하죠. 어때요, 내가 대시하면 받아줄래요?"

"죽는다."

"하하하… 누나가 날 좀 도와줄 일이 있어요. 그런데 조금 멀리 가야 돼요."

"어딜 가는데?"

"텍사스, 오스틴."

"별일 없긴 한데 무슨 일인지 알아야 가든지 말든지 할 거 아니야. 너 혹시 나 납치하려는 건 아니지?"

"이건 엄청난 비밀이라서 비행기 타면 그때 이야기해 줄게요. 그리고 납치한다 해도 누나는 봉 잡는 거잖아요. 나같이 젊고 멋진 놈이 납치하면 두 팔 벌려서 환영해야 되는 거 아닙니까?"

"그거야 그렇지. 그런데 성호 씨도 가는 거야?"

"아뇨, 관장님은 주업이 낚시잖아요. 덕분에 맨날 매운탕을

먹느라고 내가 죽을 판입니다. 대신 같이 갈 사람이 한 명 있
어요."

"누구?"

"제 여자 친구요."

*　　　　　*　　　　　*

끊임없이 생각한다.

과거의 희미한 기억을 더듬어 지금 이 시기에 무엇을 해야
할지에 대한 결정을 내린다는 건 쉬운 일이 아니었다.

그럼에도 최강철은 시간이 날 때마다 고민을 거듭했다.

지금 통장에는 럼블과의 계약으로 인해 100만 달러가 들어
와 있었다.

선점.

복싱으로 인해 정신없이 보내다 보니 안전한 주식 투자를
제일 먼저 생각했지만 시간이 지날수록 선점에 대한 강한 욕
구가 생기기 시작했다.

그랬기에 최강철은 몇 달 전부터 그에 대한 조사를 해왔다.

가장 먼저 떠오른 것이 마이크로 소프트였다.

여기저기 전화를 하고 수소문해 본 결과, 이미 그곳은 최초
로 퍼스널 컴퓨터를 생산하고 있는 IBM과 MS-DOS에 대한

독점 계약을 끝내고 이윤이 커지면서 사업 확장에 여념이 없는 상황이었다.

늦었다.

누가 막대한 이윤이 창출되고 있는 상황에서 투자를 받아 준단 말인가.

무조건 이제 막 사업을 시작해서 어려움에 있는 잠룡을 선택해야만 자신의 투자는 이루어질 수 있었다.

따라서 그가 선택한 것이 바로 텍사스였다.

텍사스에 있는 그를 찾기 위해 정보 수집 회사를 세 군데나 동원해서 한 달 만에 간신히 찾아낼 수 있었다.

그를 찾아내자마자 투자 전문 회사의 등록을 미친 듯이 서둘렀다.

자신의 생각대로 이제 막 사업을 시작한 그를 잡을 수만 있다면 황금 알을 낳은 거위를 얻게 되는 것이나 마찬가지였다.

그리고 바로 오늘 비행기를 타고 4시간만 움직이면 드디어 운명적인 만남이 이루어진다.

미리 3번이나 전화 통화를 해서 약속을 받아냈기 때문에 이제 만날 일만 남았다.

자신보다 어린 친구.

불과 22살의 어린 나이로 학교마저 그만두고 자신의 꿈을 위해 달려 나가는 위대한 탐험가를 말이다.

                    *   *   *

　서지영은 최강철과 헤어져 집으로 돌아와 고민에 사로잡혔
다.

　그녀가 죽어라 공부해서 세계 최고라는 펜실베이니아 경영
학과에 입학한 것은 아버지가 죽고 배다른 오빠들이 그룹의
경영권을 장악하면서 그녀와 그녀의 엄마를 미국으로 쫓아낸
것이 가장 커다란 이유였다.

　삼류 드라마가 따로 없다.

　그룹의 회장과 젊은 아가씨의 만남. 그로 인해 태어난 그
녀.

　아버지의 갑작스러운 죽음으로 인해 발생된 재산 싸움과
직계 자식들로부터 이방인이라고 치부되었던 그녀와 엄마에
게 떨어진 칼날.

　그 모든 것이 삼류 드라마다.

　그럼에도 막상 직접 현실이 되어버린 이 더러운 상황은 그
녀에게 커다란 상처를 줄 수밖에 없었다.

　아무것도 모르는 중학생 시절 친구들과 헤어져 머나먼 미
국 땅으로 쫓겨나던 순간 그녀를 차디찬 시선으로 바라보는
이복 오빠들을 향해 반드시 다시 돌아오겠다는 다짐을 했다.

비록 그들이 다시 돌아오지 않는 조건으로 꽤 많은 돈을 주었으나 그 약속은 강압에 의한 것이었으니 지킬 이유가 없었다.

아무도 모르는 미국에 와서 힘든 나날들을 보내며 살았다.

모든 것이 낯설었고 말도 통하지 않는 이곳에서 버티며 견뎌온 시간들을 생각하면 지금도 눈물이 나올 정도로 힘든 시간이었다.

누구에게도 털어놓지 못했던 비밀. 가슴속에 비수처럼 찔려져 있는 고통으로 더욱더 밝은 웃음을 짓고자 노력했지만 혼자 있으면 끝없는 외로움에 시달렸다.

그는 하늘이 푸르렀던 어느 날 마치 거짓말처럼 나타나 자신의 가슴속으로 들어왔다.

그리고 지금은 그를 생각하면 웃음이 떠오르는 남자가 되어 있었다.

전도양양한 펜실베이니아 학생이 그 좋은 일류 기업들을 팽개치고 이제 막 시작하는 투자 전문 회사에 이름을 올린다는 것은 결코 쉬운 일이 아니었다.

그럼에도 그의 제의가 왔을 때 이미 그녀는 알고 있었다.

그곳으로 갈 수밖에 없다는 것을.

그랬기에 그다음 날 미련 없이 같이하겠다는 약속을 하고 그와 함께 투자 전문 회사의 등록을 마쳤다.

마이더스 CKC.

이미 최강철은 회사의 이름을 지어놓은 상태였는데 모든 서류를 완벽하게 구비해 놓고 있었다.

그녀의 이름은 등록 서류에 무한 책임 사원, 즉 대표이사 자리에 적혀 있었고 최강철의 이름은 유한 책임 사원란에 기재된 상태였다.

걱정할 이유는 없었다.

최강철은 사모펀드 쪽만 전념한다고 했고 자신의 자금만 가지고 운용한다고 했으니 그녀가 대표이사라 해도 책임질 일은 거의 없었다.

더군다나 시간이 지나자 슬그머니 욕심이 들기 시작했다.

일류 회사에 들어가서 말단으로 시작하는 것보다 신생 회사였지만 경영을 전담할 수 있다면 훨씬 많은 것을 배울 수 있다는 생각이 들었다.

등록 절차는 간단했고 바로 삼 일 전 등록이 완료되었다는 통보를 받았다.

부지런히 걸어서 공항으로 들어가자 최강철이 멀리서 손을 흔드는 게 보였다.

첫 출장이다.

이 남자는 학교를 마칠 때까지는 일을 시키지 않겠다고 하더니 회사가 등록되자마자 불과 며칠 만에 출장 가자는 제안을 해와서 그녀를 놀라게 만들었다.

그럼에도 전혀 투정조차 부리지 않았다.

그녀가 마이더스에 이름을 올린 건 그와 함께 있고 싶다는 마음이 무엇보다 컸기 때문이었으니 즐거운 마음으로 여기까지 달려왔다.

"조금 늦었네."

"응, 차가 막혔어."

"인사해. 황인혜 씨야. 아주 유능한 회계사고 내 복싱 매니저이기도 해."

"아, 안녕하세요. 말씀 많이 들었습니다. 강철 씨가 엄청 아름다운 분이라고 그러던데 직접 보니까 들은 것보다 훨씬 아름다우시네요."

"호호… 그런 거짓말 듣기 좋아요. 자주 해주세요."

"정말이에요."

서지영이 입을 손으로 가리며 웃자 황인혜의 시선이 싸늘하게 최강철을 향해 돌아갔다.

전혀 생각하지 못할 정도로 서지영의 외모가 아름다웠기 때문이다.

"야, 최강철. 너 일부러 나 데려온 거지. 비교되라고?"

"무슨 말씀을… 그렇게 정확하게 하세요. 하하하……."

"나 참 기가 막혀서. 이렇게 예쁜 여자 친구가 있으면서 왜

나 같은 노인네를 동반하자고 했는지 모르겠네. 둘이 손잡고 신나게 데이트나 하면 될 것이지?"

"말했잖아요. 놀러가는 게 아니라 일하러 간다고."

"좋아, 그럼 털어놔 봐. 도대체 얼마나 큰 비밀이기에 지금까지 내용도 말해주지 않고 바쁜 사람을 오라 가라 한 거니?"

"누나, 난 누군가를 만나러 가요. 투자하기 위해서."

"투자? 네가 무슨 투자를 해?"

"텍사스에 아주 좋은 아이템을 가지고 사업을 시작한 친구가 있어요. 그래서 걔한테 투자를 하려고 해요. 누나를 같이 가자고 한 건 그 친구의 재정 상황에 대한 판단과 향후 투자했을 때의 이윤 배분, 그리고 회계적 처리, 공중에 대한 의견을 듣고 싶었기 때문입니다."

"얘가 갑자기 무슨 소릴 하는지 모르겠네. 네가 투자를 왜해, 복싱 선수가?"

"무슨 그런 당연한 질문을 합니까. 그거야 돈 벌려고 그러는 거죠."

"투자는 얼마나 하는 건데?"

"그 친구가 지분을 얼마나 내놓느냐에 따라 다르지만 최대 100만 달러 정도는 생각하고 있어요."

"그게 무슨… 너 100만 달러가 누구 집 애 이름인 줄 아니!"

*   *   *

텍사스 오스틴공항에 도착해서 렌트를 한 후 라운드 록으로 향했다. 라운드 록은 오스틴과 인접해 있는 윌리엄슨 카운티에 있는 조그만 도시였다.

기내에서 간단하게 식사를 한 일행은 곧장 사람들에게 물어물어 그가 가르쳐 준 주소로 찾아갔는데 도착하자 단층의 아담한 사무실이 나왔다.

'PCs Limited'.

건물 정면에 자그맣게 쓰여 있는 상호명이 지금 그의 현재 상황을 설명해 주는 것 같았다. 문을 열고 들어서자 컴퓨터를 만지고 있던 청년이 갑자기 나타난 사람들의 모습에 놀란 눈을 숨기지 못했다. 비록 동양인이었지만 황인혜와 서지영의 외모가 너무 뛰어났고 매력적이었기 때문이다. 그런 청년을 향해 최강철이 부드럽게 입을 열었다.

"오늘 사장님과 약속이 있어 온 사람입니다. 혹시 사장님 되시나요?"

"아뇨, 전 같이 일하는 친구 제임스입니다. 잠깐 요 앞에 나갔다 온다고 했으니까 금방 돌아올 겁니다. 그런데… 어디서 많이 본 것 같아요. 어디서 봤더라……. 아 참, 잠깐 앉으세요. 커피 드릴까요?"

"그래 주시겠어요? 먼 길을 왔더니 커피가 그립네요."

청년이 가리킨 낡은 소파에 일행들과 함께 앉으며 그의 움직임을 바라보다가 실내를 둘러보았다.

사무실은 70평 정도 되는 규모였는데 온통 컴퓨터 천지였다.

잘생긴 청년이 문을 열고 들어온 것은 제임스가 커피를 타서 그들 앞에 놓았을 때였다.

웃는다.

최강철을 보자마자 웃는 그의 얼굴에는 반가움이 가득 담겨 있었다.

"정말 허리케인이군요. 반갑습니다. 정말 반가워요. 저는 허리케인의 열렬한 팬입니다."

청년이 다가와 반갑게 손을 내밀었다.

전화상으로 이름을 말했을 때는 주저하면서 반신반의하더니 직접 얼굴을 보게 되자 반가워죽겠다는 표정이었다.

하지만 그에 못지않게 최강철은 반가운 얼굴로 그의 손을 마주 잡았다.

청년의 이름은 마이클 델.

향후 포춘지 500대 기업에 꼽히는 거대 공룡 기업, 델 컴퓨터의 창시자가 바로 그였다.

"델, 반갑습니다. 이분들은 저의 사업 파트너인 서지영 씨와 황인혜 씨입니다."

"아, 안녕하세요. 정말 아름다운 분들이시네요."

"반가워요."

서로간에 인사하는 모습을 보면서 최강철은 빙그레 웃음을 지었다.

그녀들의 손을 잡는 마이클 델의 얼굴이 복사꽃처럼 붉게 물드는 걸 봤기 때문이다.

순진하다. 그리고 티 없이 밝은 친구였다.

인사가 끝나고 자리에 앉은 후 델은 한동안 최강철이 출전한 복싱 이야기를 하면서 침을 튀겼다.

컴퓨터를 만진다기에 샌님인 줄 알았더니 그는 엄청난 복싱광이었던 모양이다.

얼마나 시간이 지났을까.

한참 복싱 이야기를 하던 그의 입에서 드디어 본론이 나왔다.

최강철이 그가 먼저 본론을 꺼내게 만든 것은 오랜 연륜에서 비롯된 노련함이었다.

"그런데 허리케인이 저를 왜 보자고 하신 거죠?"

"그것보다 먼저 물어볼 게 있습니다."

"뭔데요?"

"델의 나이가 22살 맞죠?"

"네, 맞아요."

"나는 23살입니다. 하지만 12월에 태어났어요. 그러니까 우리 친구 합시다."

"저랑 허리케인이 친구를 한다고요!"

"왜 싫어요?"

"그럴 리가요. 아니, 그게 무슨. 나야 좋죠. 허리케인은 내우상인데 그런 사람이 나 같은 사람하고 친구를 한다면 최고의 영광이죠."

펄쩍뛰는 델의 얼굴에서 흥분이 가득 찼다.

그는 최강철이 이런 제안을 한 것이 믿겨지지 않는 모양이었다.

투자를 위해 속이려는 생각을 가지고 제안한 것이 아니었다. 델은 지금 복싱 선수인 자신과 친구가 된다는 걸 무척 영광스럽게 생각하고 있었지만 더 기쁜 것은 바로 자신이었다.

그가 만들어낼 세상은 그만큼 크고 거대했으니 어떤 면으로 봤을 때 영웅이란 말은 그가 들어야 한다.

"친구, 반가워."

"응, 그래."

"사실 난 너한테 할 말이 있어서 왔어. 그런데 너를 보니까 친구가 되고 싶었어. 믿어져?"

"왜 그런 생각을 했지?"

"앞으로 내가 할 말은 너와 친구가 되었을 때 더욱 커다란 신뢰성을 갖기 때문이야. 그리고 솔직히 말한다면 나는 네가 마음에 들어. 나에게는 너같이 생긴 착한 친구가 한 명 있어. 너는 그놈과 많이 닮은 것 같아."

"나만큼 잘생겼어?"

"하하… 얼굴은 네가 더 잘생겼다."

"다행이네."

"델, 본론을 말할게. 나는 네가 하는 사업에 투자를 하고 싶어서 왔다. 그래도 되겠니?"

"투자?"

"그래, 투자."

"에이, 뭔 소린지 모르겠네. 이런 작은 구멍가게에 무슨 투자를 해. 허리케인 지금 나 놀리는 거지?"

"놀리긴, 지금 네가 개발하고 있는 컴퓨터, 난 그게 마음에 들어."

"'Turbo PC' 말하는 거야?"

"응, 'Turbo PC'."

아, 델이 지금 개발한 컴퓨터의 이름이 이것이었구나.

사실 그는 전화 통화로 대충 지금의 상황만 파악하고 왔기 때문에 델이 개발한 컴퓨터에 대해서 자세히 알지 못했다.

그럼에도 서둘러 온 것은 선점에 대한 조급함 때문이다.

일단 부딪치고 설득해서 어떡하든 조금이라도 투자하는 게 그의 목표였다.

"그거 잘 팔려?"

"개발한 지 얼마 안 되서 사람들이 잘 몰라. 그래도 한 달에 10대 정도는 팔리고 있어."

"그렇구나. 그런데 지금 사무실이 너무 비좁네. 크기도 작고."

"부모님과 친척들이 융자를 받아서 준 돈으로 이것도 간신히 차린 거야. 그래도 본전치기는 하고 있어. 여기서 IBM 퍼스널 컴퓨터도 같이 팔거든."

"우리 사무실을 큰 도시로 옮기자. 가구도 새로 맞추고 장비들도 좋은 걸로 구입해. IBM 거는 팔지 마. 네가 개발한 'Turbo PC'를 팔아야 돈이 될 거 아니냐."

"난 돈이 없어. 은행 융자도 전부 꽉 차서 더 이상 돈 빌릴 데가 없단 말이야."

"그래서 내가 투자한다고 했잖아. 필요한 돈은 전부 내가 댈 테니까 너는 컴퓨터 제작에만 열중하면 돼. 그리고 직원들도 더 충원시켜. 여럿이 움직여야 효율성이 커지지."

"난 아직도 이해하지 못하겠어. 도대체 나한테 왜 그러는 거야?"

"우린 친구가 됐고 난 너의 가능성에 투자하는 거라고 말했잖아."

"그걸 전부 하려면 엄청난 돈이 들어가는데 정말 그래도 괜찮겠어?"

"그럼. 그 정도 각오하지 않고 왔겠냐."

"그렇게 되면 넌 뭘 얻게 되는데?"

"지분. 네 회사에 대한 지분을 나한테 줘. 델, 내가 50만 달러를 투자하겠다. 그러면 회사 지분을 얼마나 줄 테냐?"

"50만 달러!"

델의 얼굴이 단박에 시커멓게 죽었다.

그 돈이면 주도인 오스틴에 커다란 사무실을 열고 새로운 장비와 인력을 구축해서 제대로 사업을 할 수 있는 돈이었다.

하지만 아직도 그는 이해가 안 가는지 최강철의 얼굴을 멍하니 쳐다볼 뿐이었다.

이제 겨우 사업을 시작해서 본전치기를 하고 있는 그에게 50만 달러란 거금을 투자하겠다는 최강철의 정신머리가 도저히 이해가 되지 않았다.

"델, 대답을 해야지?"

"20%… 아니, 30%?"

"정확히 말해. 그래야 계약을 하니까."

"강철, 내가 부모님과 친척들한테 받아서 회사를 차린 게 20만 달러야. 물론 그중의 대부분이 컴퓨터를 사느라고 쓴 거지만 나는 'Turbo PC'를 개발하느라 2년 동안 잠도 제대로 자지 못하고 고생했어. 그래서……."

"부모님과 친척들이 융자받은 금액이 얼마지?"

"어… 15만 달러."

"네가 받은 융자는 얼마냐?"

"5만 달러야."

"그럼 다 합쳐서 20만 달러군. 그것까지 합해서 내가 70만 달러를 투자하겠다. 그러니 회사 지분의 30%를 나에게 줘라."

"정말… 그래도 되겠어?"

"당연하지. 그럼 지금부터 네가 가지고 있는 회사 지출 계산서와 은행 융자 통장, 세금 계산서에 관한 거 다 가져와. 그걸 전부 확인한 다음에 계약을 맺자. 여기 계신 인혜 누나는 회계 전문가야. 이분이 우리 투자에 관한 재정 내용증명과 향후 이익 배분 산정, 세금에 관한 부분과 각종 법적 관계 등을 처리할 거야. 그리고 지영 씨는 우리 회사의 대표이사기 때문에 서류들이 작성되면 너와 직접 협약을 맺게 될 거다. 우리 계약은 PCs Limited와 마이더스 CKC 이름으로 맺어진다는 거 잊지 마."

"강철, 난 아직도 꿈을 꾸는 것 같아. 도대체 왜 나한테 이런 행운이 갑자기 다가온 건지 정말 모르겠어."

이건 뭐 완전히 숙맥이나 다름없다.

하기야 어린 나이에 겁 없이 뛰쳐나와 생고생을 하면서 컴퓨터를 팔던 22살의 젊은이가 투자에 대해서 뭘 알겠는가.

더군다나 그는 사업을 시작한 지 이제 겨우 2년밖에 지나지 않아 겨우 터전을 마련한 상태였다.

그럼에도 하루 동안 꼬박 앉혀놓고 투자 협약에 관한 것들을 설명해 주자 머리가 비상하게 돌아가며 빠르게 이해했다.

역시 천재는 천재인 모양이었다.

최강철과 일행은 라운드 록에 하루 동안 머물며 투자에 관한 협의를 계속한 후 일요일이 되어서야 뉴욕으로 돌아왔다.

정식 투자 협정은 나중에 완벽한 서류가 작성되었을 때 사인하는 것으로 했지만 일단 델의 사인이 들어 있는 가계약을 맺었다.

세상은 어떤 일이 발생할지 모르기 때문에 보험이 필요했다.

최강철은 기쁨에 겨워 어쩔 줄 몰라 했으나 서지영과 황인혜는 그것을 전혀 이해하지 못했다.

구멍가게에 불과한 컴퓨터 조립 회사에 70만 달러란 거금을 쏟아붓고 저렇게 즐거워한다는 것이 전혀 이해되지 않았던 모양이다.

특히 황인혜의 걱정은 이만저만한 게 아니었다.

"강철아, 너 미친 거 아니니?"

"왜요?"

"난 도저히 이해가 안 돼. 저런 작은 회사에 70만 달러를 쏟아붓는다는 게 말이나 되냐고!"

"델의 컴퓨터는 IBM에서 만드는 것과 엄청난 차이가 있는 대단한 기술이에요. 개인의 선호도에 맞춰 컴퓨터를 조립해 주기 때문에 곧 조만간 엄청난 반응을 일으킬 겁니다. 더군다나 IBM에서 만든 컴퓨터에 비해 훨씬 싸거든요. 무슨 뜻인줄 알겠어요?"

"그래도 그렇지, 미래의 희망을 보고 그런 거액을 투자한다는 게 내 상식으로는 도저히 이해가 안 돼. 70만 달러면 보통 사람들은 평생을 먹고 놀아도 될 만큼 큰돈인데 네가 뭐가 아쉬워서 남의 빚까지 갚아주며 투자를 해!"

"누나, 걱정하지 말고 서류나 잘 준비해 주세요. 시간 없으니까 서둘러야 해요."

"우와, 얘 봐. 마치 나를 하인처럼 다루네? 내가 여기까지 와준 것도 어딘데 그런 것까지 나한테 하란 말이니?"

"누나가 전문가잖아요. 수고해 주신 비용은 드릴게요."

"얘가 정말… 날 뭘로 보고. 싫어. 줘도 안 받아."

"그럼 누나 우리 회사로 들어오면 되겠네. 들어와서 우리 회사 회계를 총괄해 주세요."

"그러고 보니까 그것도 이상해. 계속 마이더스 CKC라고 자꾸 그러던데 그게 네가 만든 회사야?"

"예, 투자 전문 회사예요."

"그건 또 왜 만들었대. 넌 복싱 선수잖아. 왜 자꾸 날 놀라게 해!"

"올래요?"

"미쳤니. 내가 그 좋은 직장을 내버려 두고 엉뚱한 짓만 하는 회사에 들어가게? 말도 안 되는 소리 하지 마라."

"하하하… 하긴, 지금 누나가 와도 할 일은 별로 없을 거예요. 하지만 나중에 때가 되면 꼭 와줘요."

"너네 회사가 일 년에 천만 달러 정도 수익을 올리면 그때 생각해 볼게."

"정말입니다. 약속했어요."

"아이고, 제발 그런 일이 있었으면 좋겠다."

"누나, 정말 시간이 없어요. 빨리 투자 협정을 맺어야 되니까 최대한 서둘러 주세요. 그리고 지영 씨, 미안하지만 지영 씨가 누나를 좀 도와줘. 혼자 하기는 힘들 테니까 옆에서 필요한 걸 챙겨줬으면 좋겠어."

"응, 알았어."

럼블 측에서 타이틀전이 결정되었다는 소식이 전해진 것은 텍사스에 다녀온 지 5일이 지난 후였다.

앞으로 정확히 세 달 후 뉴욕의 메디슨 스퀘어가든에서 치러진다는 것이었다.

윤성호와 이성일은 펄쩍펄쩍 뛰면서 당장 훈련을 시작해야 된다고 안달을 부렸으나 최강철은 투자를 마무리하기 위해 뉴욕을 매일같이 드나들며 정신없이 움직였다.

투자에 관한 전문가들이라면 협정을 맺기 위해서는 기업의 현재 및 장래 이익 산정과 향후 전망, 그에 맞는 효율적 투자 금액을 산출하고 투자의 타당성을 검토하는 것이 가장 중요한 일이라는 걸 알 것이다.

하지만 최강철은 그런 것에 시간을 쓰지 않았기 때문에 모든 일을 빠르게 진행할 수 있었다.

이미 투자금은 그가 직접 정해놨고 델 컴퓨터의 수익성은 분석할 이유조차 없었으니 말이다.

지금 당장은 커다란 수익이 들어오지 않겠지만 조만간 델은 그에게 엄청난 돈을 벌어다 준다는 걸 알고 있는 이상 수익성에 대한 분석은 필요 없는 것이었다.

황인혜가 회계 전문가였으나 투자 협정에 관한 경험이 없었기에 그녀가 만들어놓은 초안을 경험이 많은 투자 전문가에

의뢰해서 철저하게 자문을 받았다.

투자 전문가는 그의 투자 내역을 본 후 말도 안 되는 투자라며 무조건 하지 말라는 조언을 했으나 최강철은 빙그레 웃기만 했다.

만약을 대비해서 최강철은 회사명이 바뀌었을 때 승계 과정을 명확히 했고, 상장을 했을 때 지분에 대한 주식의 배분과 회계 감사에 관한 부분까지 꼼꼼하게 챙겼으며, 법률적인 부분까지 완벽하게 검토해서 조금의 문제도 발생하지 않도록 만들었다.

윤성호의 성화는 대단했으나 최강철은 눈 하나 깜짝하지 않고 모든 서류가 완성되자 서지영과 함께 텍사스로 날아갔다.

시합을 두 달 반쯤 남겼을 때였다.

1986년 2월 17일.

마이클 델과 서지영이 나란히 투자 협정서에 사인하는 역사적인 순간 최강철은 계속해서 사진을 찍었다.

그런 후 두 사람이 사인한 서류를 넘겨가며 한 장, 한 장 근거를 남겼다.

가슴이 뛰어 미칠 것만 같았다.

거대 공룡 기업 델 컴퓨터의 지분을 단돈 70만 달러에 30%를 확보했으니 행운도 이런 행운이 없었다.

돈 킹과 밥 애런은 대대적으로 홍보를 때리기 시작했다.

25전 전승의 강력한 챔피언 링의 도살자 더스틴 브라운과 최근 들어 복싱 팬들의 인기를 한 몸에 끌어당기고 있는 12전 승 KO 행진의 히어로 허리케인 최강철의 대결이 확정되는 순간부터 그들은 아예 작정한 듯 세계 타이틀전 못지않은 홍보전을 펼쳤다.

그들의 힘이 얼마나 대단한지 알 수 있는 건 여러 분야에서 나타났다.

먼저 경기장을 뉴욕의 메디슨 스퀘어가든으로 잡았다는 것이 그중 하나다.

이번 시합에 출전하는 선수들의 인기가 상당하다는 이유도 있었지만 프로모션을 하는 당사자가 세계 최고의 영향력을 지닌 그들이었기에 가능한 일이었다.

지금까지 메디슨 스퀘어가든이 열린 것은 세계 타이틀전에 한정되어 있었다.

더군다나 시합은 미국 전역으로 생방송이 결정되었는데 주관 방송사가 바로 ABC의 ESPN이었다.

ABC는 복싱 중계에 있어서는 독보적인 방송국으로 전 세계 위성중계망을 가장 탄탄하게 보유한 회사였다.

돈 킹과 밥 애런은 그것으로 그치지 않고 텔레비전에 그들에 관한 특집 방송을 편성하게 만드는 괴력을 발휘했다.

시합 전까지 2차례에 걸쳐 두 선수를 심층 분석 하는 특집을 마련했는데 경기 장면들과 전문가들의 예상이 어우러지면서 커다란 반향을 불러일으켰다.

그뿐만이 아니다.

각종 주요 신문에까지 영향력을 발휘해서 수시로 기사가 나가도록 만들었기 때문에 시합일이 점점 다가올수록 미국 전역은 무패가도를 달리는 두 선수의 대결에 몸살을 앓기 시작했다.

비교를 하자면 국내에서 박종팔과 라경민의 라이벌전이 벌어졌을 때 한국에 불어닥친 열풍 이상으로 뜨거운 것이었다.

최강철은 델 컴퓨터에 대한 투자를 마무리 지은 후 곧바로 훈련을 시작했다.

레드불스에 그가 처음으로 모습을 드러냈을 때 체육관에 있던 모든 선수는 시합을 위해 훈련을 시작하는 그에게 뜨거운 격려의 박수를 보내줬다.

이제 레드불스에서 훈련하는 선수들은 최강철의 시합이 잡히면 일반 복싱 팬들 못지않게 뜨거운 관심을 가지고 흥미 있게 지켜본다.

언제나 심장을 뜨겁게 만들어 버리는 그의 경기는 선수인 그들마저도 눈을 떼지 못할 정도로 강렬해서 최강철의 훈련 장면은 그들에게 좋은 구경거리이자 교본과 같은 것이었다.

더군다나 이번은 북미 타이틀이 걸린 중요한 일전이었기에 그들의 관심은 더욱 뜨거울 수밖에 없었다.

윤성호는 이미 훈련 계획표를 짜놓은 채 그를 기다렸기 때문에 또다시 전쟁을 위한 구슬땀을 흘려냈다.

이완되었던 몸을 원상태로 복구하기 위해 로드워크는 기본이고 상체 근육 강화와 복부 단련을 집중적으로 훈련했으며 자신의 주 무기를 차례대로 점검해 나갔다.

돈 킹이 보내온 승리 청부사 제프 카터가 시카고에서 날아온 것은 훈련을 시작한 후 보름 정도 지났을 때였다.

지금까지 톰슨은 기술 분석 전문가를 보내주면 어떻겠냐는 의향을 먼저 타진해 왔으나 이번만큼은 그런 의향을 묻지 않고 그냥 들이닥쳤다.

나중에 안 일이었지만 이성일이 황인혜를 통해 적극적으로 원했다는 것이다.

시합의 중요성이 커지자 이성일은 마음의 부담감을 심하게 느꼈던 모양이다.

훈련이 끝나면 최강철은 매주 제프 카터가 포함된 스태프진과 함께 전략 회의를 가졌다.

이성일이 먼저 그동안 분석한 더스틴 브라운의 장단점을 브리펑하면 제프 카터가 보완하는 방식이었다.

더스틴 브라운. 25전승에 21KO를 기록하고 있는 강타자.

이성일과 제프 카터의 분석에 따르면 그는 별명인 링의 도살자란 이미지와 다르게 교활하고 상대의 심리를 정확히 분석해서 야금야금 무너뜨리는 인파이터였다.

절대 무리한 공격을 하지 않으면서도 끊임없이 압박하는 그의 전술에 상대들은 기가 질려 무너졌다는 것이 공통된 의견이었다.

마빈 헤글러와 유사한 스타일이다.

더군다나 못 치는 펀치가 없었고 워낙 방어막이 단단해서 근접전을 펼칠 때 펀치를 허용하는 경우가 많지 않았다.

하지만 단점도 있었다.

25번의 경기에서 그는 3번의 다운을 당했는데 전부 복부를 맞고 쓰러진 것이었다.

이상하다.

복싱에서 복부를 맞고 쓰러졌다는 건 시합을 더 이상 진행시키지 못할 정도로 커다란 대미지를 입었다는 뜻인데 그는 전승 행진을 이어가고 있었다.

제프 카터는 그 이유를 내성의 강화 때문이라고 설명했다.

선천적으로 복부가 약한 선수라도 끊임없이 복부 타격 흡수 훈련을 지속하면 충격을 받았을 때 다른 선수들보다 쉽게 회복된다는 것이었다.

그런 설명을 하면서 다운을 당했던 영상을 틀어주었는데, 제프 카터의 말대로 더스틴 브라운은 다운을 당한 후 아웃복싱으로 시간을 보내며 위기를 모면하고 특유의 인파이팅으로 전환해서 역전 KO승을 거두었다.

펀치력도 좋고 테크닉은 물론, 방어력까지 좋아서 특별한 단점이 없다는 이야기다. 그랬기에 최강철은 화면에서 고개를 돌리며 카터를 향해 입을 열었다.

"카터, 당신이 봤을 때 이번 경기는 누가 이길 것 같습니꺄?"

"나는 당연히 자네가 이길 것이라고 생각하네."

"왜죠?"

"저놈이 상대한 선수들 중에서 자네만큼 뛰어났던 파이터는 없었어. 브라운은 분명 좋은 선수네. 눈에 띌 정도로 커다란 단점도 없고 맷집도 괜찮은 편이야. 하지만 자네를 이길 수는 없을 거야. 왜냐하면 자네는 저놈이 지닌 단점을 하나도 가지지 않았거든."

"쉽게 말해주세요. 자꾸 빙빙 돌리면 머리 아픕니다."

"자네의 스피드는 브라운을 압도하지. 그리고 펀치력도 놈이 경계할 만큼 강하잖나. 그래서 자네가 이긴다는 거야. 나와 성일은 오랜 상의 끝에 저놈을 때려잡는 방법을 강구해 냈다네. 그건 말이야……."

*   *   *

홍보의 효과는 대단했다.

시합이 잡히고 ABC에서 특집 방송이 나간 후부터 신문 기자들이 벌 떼처럼 몰려들어 레드불스 주변이 기자들로 가득찰 정도였다.

관장인 피터는 노련한 사람이었다.

시도 때도 없이 찾아오는 기자들을 정리해서 인터뷰 날짜를 정해 최강철의 훈련이 방해받지 않도록 조치했는데 매주 화요일 1시부터 2시 사이에만 체육관 문을 열어주었다.

물론 최강철 측과 조율해서 결정한 것이었다.

막을 이유가 없었다.

복싱 선수는 인기로 돈을 벌기 때문에 언론에 노출되는 걸 적극적으로 활용할 필요가 있었다.

1시간이었지만 기자들이 사진을 찍을 수 있도록 훈련하는 장면을 연출해 줘야 하는 시간을 제외하면 인터뷰 시간은 길어야 30분밖에 되지 않았다.

"허리케인, 지금 훈련은 잘 진행되고 있습니까. 소문에는 훈련 시작이 늦었다는 소리가 들리던데요?"

"잘못된 소문을 들으셨군요. 보다시피 저는 이번 시합을 대비해서 맹훈련을 하고 있는 중입니다."

"더스틴 브라운 선수는 이번 시합에서 허리케인을 5회 이내에 잠재울 수 있다고 호언장담했습니다. 그 말에 대해서 어떻게 생각하십니까?"

"그 날 직접 눈으로 확인해 보시죠. 복싱은 입으로 말하는 게 아니라는 걸 증명해 드리겠습니다."

"브라운 진영에서는 허리케인의 경기 영상을 분석한 결과 펀치력이 그리 강하지 않았다는 판단을 내리더군요. 단발 KO가 한 번도 없다는 것이 그 증거라고 하던데요."

"그럴 수도 있겠군요. 복싱에서 가장 화끈한 건 한 방 펀치로 상대방을 쓰러뜨리는 건데 지금 생각해 보니 저는 그런 적이 한 번도 없었던 것 같습니다."

"그럼 인정하시는 겁니까?"

"인정합니다. 하지만 브라운은 그 날 뼈저리게 경험하게 될 겁니다. 내가 왜 한 방 KO가 없는지를 두 눈으로 확인할 테니까요."

"그럼 이번 시합도 예전처럼 운영하실 생각입니까? 불꽃 인파이팅 말입니다."

"제 스타일은 언제나 변하지 않습니다. 관중들의 흥미를 저격하는 복서야 말로 링에 설 수 있는 자격이 있다고 생각합니다."

"브라운은 5회 이내에 끝내겠다고 장담했습니다. 허리케인은 몇 라운드를 생각하고 있습니까?"

"나는 라운드를 말하지 않겠습니다. 그가 내 펀치를 얼마나 견딜 수 있는지 알지 못하는 상태에서 호언장담을 하는 건 부질없는 짓입니다."

"혹시 비장의 무기를 준비한 게 있는지 말해주십시오."

"없습니다."

"브라운 측에서는 허리케인을 잡기 위한 전략을 마련해 놨다던데 없다니요?"

"복싱이 예상한 대로 되는 경우가 얼마나 많겠습니까. 그리고 나는 그들이 예측할 수 있는 범위에서 움직이는 사람이 아닙니다."

"마지막으로 복싱 팬들에게 이번 시합을 임하는 각오에 대해서 한 말씀 해주십시오."

"기다리십시오. 여러분의 기억에 평생 남을 만한 경기를 보여 드리겠습니다."

기자들이 번갈아 가며 질문을 할 때마다 최강철은 편안한 얼굴로 전혀 주저함 없이 대답했다.

그때마다 기자들은 그의 대답을 미친듯이 노트에 적었다.

모든 것이 기사다.

최강철이 말한 것은 내일 아침이면 기사가 되어 미국 전역에 뿌려질 것이다.

하지만 그게 다가 아니다.

그들은 독자들의 흥미를 유발하기 위해서 다시 더스틴 브라운에게 쫓아가 더 자극적인 기사들을 생산해 낼 테니 말이다.

*　　　*　　　*

미국에서 강력한 챔피언과 불꽃같은 인파이팅의 주인공 허리케인이 맞붙는다는 사실로 인해 몸살을 앓고 있을때 뒤늦게 한국에서도 최강철이 북미 타이틀전에 도전한다는 기사가 터져 나왔다. 바로 김도환이 일하고 있는 스포츠서울이었다.

스포츠서울은 단독으로 대문짝만 하게 최강철에 대한 기사를 실었는데 시합 날짜와 경기 장소, 북미 챔피언 더스틴 브라운에 대하여 자세하게 소개했다.

<최강철, 드디어 북미 챔피언에 도전하다!>

기사가 터지자 한국에서도 복싱 팬들 사이에서 커다란 소란이 일어났다.

일 년 전 헌즈 대 헤글러의 대전 때와 국내에서 녹화 방송된 2번의 시합에서 전율적인 경기를 보여준 최강철의 인파이팅을 아직도 잊지 못했기 때문이다.

특종은 스포츠서울의 김도환이 터뜨렸는데 얻어맞는 건 방송사들이었다.

열화와 같은 국민들의 위성중계 요청이 봇물처럼 밀려들어 업무를 못 볼 정도였다.

MBC의 스포츠 담당 부장 이창래가 더 이상 견디지 못하고 국장실로 들어간 것은 스포츠서울을 필두로 각종 신문들이 봇물처럼 기사를 터뜨린 지 5일이 지났을 때였다.

"국장님, 어쩌면 좋겠습니까?"

"뭘?"

"이대로 있다가는 복싱 팬들이 회사에까지 쳐들어올지도 모릅니다. 최강철, 그 자식 인기가 장난 아니라고요."

"그래서?"

"위성중계를 해야 되지 않겠습니까?"

"난 뭐 귀머거린 줄 아냐? 그러지 않아도 ABC 쪽에 벌써 문의해 봤는데 이 개새끼들이 말도 안 되는 가격을 부르더라. 완전히 미친놈들이야."

"벌써 접촉해 보셨습니까. 그래서요, 얼마를 달라고 하던가요?"

"50만 달러를 내놓으란다."

"아니, 그게 무슨. 세계 타이틀전도 아니고 북미 타이틀전인데 50만 달러라니요. 말도 안 됩니다."

이창래가 펄쩍 뛰면서 눈을 부릅떴다.

헌즈와 헤글러가 시합할 때 그들이 ABC에 지급한 돈은 30만 달러에 불과했기 때문이다.

더군다나 위성 생방송이라 30만 달러란 거액을 지불했지만 약에 녹화 방송으로 나갔다면 5만 달러 정도면 충분히 얻을 수 있는 화면이었다.

그러자 국장이 입맛을 다시며 말을 이어나갔다.

"그때는 전 세계 여러 국가에 동시 위성중계가 되었기 때문에 가격이 낮았던 거고 이번은 한국만 가져가는 거라서 가격을 내릴 수 없단다. 싫으면 관두라는구만."

"이런 씨발 놈들이, 우리를 봉으로 아는군요."

"그러니까 괴롭더라도 참아. 우리가 그런 거액을 주면서까지 그놈들 장난에 놀아날 수는 없잖아. 사장님한테 보고했더니 그냥 웃으면서 신경 쓰지 말란다. 그런 건 중계하지 않아도 된다고 하시면서 프로 야구하고 축구에 올인하래."

"할 수 없죠. 직원들한테 전화 오면 그렇게 설명하라고 하겠습니다. 하지만 조금 아쉽기는 하네요. 국민들이 최강철의 시합을 학수고대하고 있는데 말입니다."

"나중에 그놈이 세계 타이틀전에 도전하면 그때 노력해 보자고."

"알겠습니다. 그럼 나가보겠습니다."

이런 게 수긍이다.

국장이 위성중계를 하지 못하는 이유에 대해서 말해주자 이창래는 두말하지 않고 그의 의견을 받아들였다.

가끔가다 군부에서 내려 보낸 사장은 이유조차 말해주지 않고 지랄을 떨었지만 국장만큼은 절대 그런 짓을 하지 않았다.

전화벨이 무섭게 울리기 시작한 것은 이창래가 인사를 하고 나가려 할 때였다.

전화기를 확인한 국장의 손이 빠르게 움직였다.

사장에게서 직통으로 날아온 인터폰이었기 때문이다.

"예, 문찬호입니다."

—문 국장, 최강철 건 말이오. 아무래도 우리가 맡아서 중계를 해야겠어. 그러니까 준비하시오.

"갑자기 그게 무슨… 50만 달러를 주고 사자는 말입니까?"

—그렇다니까.

"그건 사장님이 하지 말라고 하셨던 건데 갑자기 왜……."

—파란 집에서 전화가 왔어. 레드원이 관심 가지고 계시니까 무조건 위성중계해야 된단 말이오. 무슨 소린지 알겠지!

*　　　　*　　　　*

"이것 참, 최강철이 때문에 미국 출장을 다 가보고 내 복이 터졌다."

"내가 뭐라고 그랬어. 그놈은 물건이라고 분명히 말했잖아."

"벌써 5년이나 되었구만. 그때도 대단하다고 생각했지만 이런 사고를 칠지 누가 알았겠어. 웰터급이야. 그것도 짐승들이 우글댄다는 미국에서 12연속 KO승이라니 정말 돌아버릴 일이다."

"돌지 마라. 우리 나이에 자꾸 돌면 어지러워."

"그놈이 한국 국민들에게 모습을 보인 건 딱 3번뿐이야. 그런데도 우리나라 사람들이 전부 난리를 치고 있으니 이게 뭔 일이라냐."

"자네도 그놈 경기 봤으면서 그런 소릴 하면 어떡해? 난 국내에서 벌어진 그놈 경기는 거의 다 봤어. 그때마다 피가 끓었지. 최강철은 사람의 심장을 뜨겁게 만들어 버리는 마력이 있는 놈이야. 야, 비행기 뜨나 보다."

김도환이 천천히 움직이던 비행기가 가속을 하기 시작하자 몸을 경직시키며 호흡을 길게 뿜어냈다.

이놈의 비행기는 벌써 10번을 넘게 탔어도 이륙 순간이 되면 긴장으로 몸이 바짝 오그라든다.

하지만 옆에 있던 동아일보의 김양수는 그런 것에 전혀 개의치 않는 것 같았다.

"중계한다며?"

"그런다네. MBC 쪽에서 자다가 총알 맞은 거지, 뭐. 소문에 따르면 전통이 하라고 시켰다더라."

"그 인간은 별걸 다 시키는구만. 내가 알기로는 ABC 그 새끼들이 돈을 엄청 불러서 중계를 포기했다고 들었거든."

"전통이 복싱광이잖아. 최강철 광팬이래."

"복싱 팬이라서 그렇겠어? 지금 학생들 데모 규모가 점점 커지고 야당도 장외 투쟁 한다고 바깥으로 뛰어나갔으니까 국민들 눈을 돌리려고 그런 거겠지. 그런 머리는 기가 막히게 잘 돌아가잖아."

"그럴 수도 있겠다."

"하여간, 성공은 한 거 같구나. 지금 국민들이 전부 최강철 경기를 학수고대하고 있으니 말이야."

"꼭 나쁜 것만은 아니야. 더러운 정치에서 벗어나 국민들이 희망을 가질 수만 있다면 그것으로 나는 기쁠 것 같다. 좆 같은 세상. 지금 한국에 희망이 뭐가 있겠냐? 이렇게라도 국민들이 좋아하는 모습을 볼 수만 있다면 난 뭐든지 할 수 있을 것 같아."

"쪽팔려."

"뭐가?"

"언론인으로서 총칼이 두려워서 침묵하고 비겁하게 숨은 채 지내고 있으니 살아도 사는 게 아니야."

"인마, 그런 소리하지 마. 너는 복싱 기자잖아. 네가 진실을 숨긴 게 뭐가 있어?"

"옆에서 지켜보는 것도 고통이야. 내 동기들, 정치부 사회부에 있는 내 동기 놈들이 매일 술에 꼴아서 우는 꼴을 보면 가슴이 찢어진다. 너희들은 스포츠만 다루니까 모를 거야. 하지만 우리 신문사는 다르잖아."

"나도 알아. 스포츠 기자는 기자가 아니겠냐. 나도 펜대 굴리면서 살아온 놈인데 그걸 왜 모르겠어."

김도환의 눈이 깊게 가라앉았다.

충분히 이해가 갔다. 언론인으로 진실을 보도하지 못한 채 무기력한 삶을 산다는 건 살아도 사는 게 아닐 것이다.

감정에 사로잡혀 잠시 침묵하던 김양수의 입이 다시 열린 것은 비행기가 창공을 향해 끝없이 올라가고 있을 때였다.

"몇 명이나 떴지?"

"MBC 위성중계 팀이 6명, 신문기자들이 우리까지 9명이야."

"많네. 세계 타이틀전 못지않은 규모구만. 다른 놈들은 벌써 갔나?"

"아니, 우리가 제일 먼저야. 다른 사람들은 뒤따라올 거다."

"고맙다, 도환아."

"뭐가?"

"넌 최강철과 친해서 특종을 독점하고 있는데 나를 끼워준 거잖아. 그러니까 고맙지. 내가 나중에 술 한 잔 살게."

"그래라. 파전에 막걸리 진하게 사."

"이겨줬으면 좋겠다, 그 자식."

"응."

"이럴 때 이겨주면 우리 국민들 정말 좋아할 거야. 그렇지 않냐?"

"최강철… 그놈은 이겨줄 거야. 옛날에 히로키를 부술 때처럼 그렇게… 꼭 이겨줄 거다."

                    *   *   *

서지영과 클로이, 수잔이 레드불스로 찾아온 것은 시합을 일주일 앞두고 있을 때였다.

복싱 쪽은 다른 분야와는 달라서 여자 기자들을 보기 어려웠다.

레드불스에는 수많은 기자가 찾아왔지만 여자들을 보는 건 하늘의 별따기와 다름없었다.

세 명의 여자가 불쑥 체육관으로 들어서자 선수들의 눈이 휘둥그레 변하는 건 당연한 일이었다.

문 앞에 있던 마크가 잽싸게 뛰어나간 건 그런 이유가 있었기 때문이다.

"어쩐 일로 오셨죠?"

"저기, 최강철 선수를 만나러 왔는데요."

"강철은 시합 때문에 훈련하느라 정신이 없는데요. 실례지만 누군지 물어봐도 될까요?"

"친구들이에요. 잠깐 볼 수 있어요?"

"친구라고요? 잠깐만 기다려 보세요. 어이, 성일. 이분들이 강철이 찾아왔다는데!"

마크가 소리치자 멀리 떨어져서 최강철이 스파링하는 장면을 지켜보던 이성일의 눈이 휘둥그레 변했다.

그녀들을 보자마자 누군지 즉시 알아챘기 때문이다.

발에 모터가 달린 것처럼 달려온 이성일이 그녀들을 향해 구십 도로 인사를 하면서 반색을 했다.

"혹시 서지영 씨 아닙니까?"

"맞아요."

"저는 이성일이라고 합니다. 강철이가 얘기 많이 했다던 애예요, 지영 씨한테."

"아, 성일 씨군요. 그럼요, 엄청 많이 들었어요. 무척 유쾌한 친구라고요."

"혹시 잘생겼다는 말은 안 하던가요?"

"호호······."

어이없는 질문에 서지영이 입을 가리고 웃었다.

클로이와 수잔이 따라 웃은 건 당연한 일이었다. 그녀들도 최강철을 통해 이성일에 관한 이야기를 수도 없이 들었는데 만나자 마자 엉뚱한 짓을 서슴지 않고 해대자 웃음을 참지 못했다.

그녀들이 이곳까지 온 이유는 복싱광인 클로이와 수잔이 반드시 가봐야 한다고 우겼기 때문이다.

친구가 시합을 한다는데 그냥 있는다는 건 있을 수 없는 일이라며 그녀들은 서지영을 협박해서 기어코 여기까지 왔다.

"지영, 저기 강철이 있다. 스파링하나 봐."

"우와, 멋있어. 링에만 서면 강철은 다른 사람으로 변한다니까."

클로이와 수잔이 링에 있는 최강철을 발견하고 함성을 질렀다.

링에서는 최강철이 상대를 몰아붙이며 가볍게 움직이고 있었는데 빠르고 경쾌한 펀치들이 끝없이 쏟아져 나오고 있는 중이었다.

이성일의 안내에 따라 링 사이드까지 다가온 그녀들은 정신없이 구경을 하면서 열혈 팬답게 연신 함성을 질러댔다.

"성일, 강철이 우리한테 시합을 볼 수 있도록 표를 준다고 했어요. 혹시 들었어요?"

"아뇨, 못 들었는데요."

"그럴 리가 없는데……."

"수잔, 우린 공짜 표 관리를 내가 해요. 강철이가 설혹 준다
고 해도 내가 동의하지 않으면 안 된다고요. 무슨 뜻인 줄 알
죠?"

"어머, 그래요? 그럼 성일한테 잘 보여야겠네."

"당연하죠."

"큰일 났네. 우린 꼭 강철이 시합 보고 싶은데 어쩌죠. 혹시
우리한테 표 줄 수 있어요?"

"밥 사면 생각해 볼게요."

이성일이 뻔뻔한 얼굴로 수잔을 향해 윙크를 했다.

머리가 귀신같이 돌아간다.

미리 최강철로부터 수잔이 남자 친구가 없다는 정보를 입
수했기 때문에 이성일은 거침없이 수작질에 시동을 걸었다.

하지만 그 시도는 스파링을 마치고 내려온 최강철로 인해
단박에 깨지고 말았다.

"수잔, 저 자식 말 듣지 마. 저놈은 밥 사주면 술도 사달라
고 할 놈이야."

시합이 이틀 앞으로 다가오며 스태프들의 긴장은 최고조로

달했다.

캠프에는 황인혜까지 참여했기 때문에 최강철 진영의 스태프들은 4명으로 늘어났다.

황인혜는 한 달 전부터 캠프로 들어와 공식 행사와 기자들을 전담으로 상대하며 눈코 뜰 새 없는 나날들을 보내고 있었다.

이윽고 계체량 측정일이 되자 기자들이 벌 떼처럼 트리바고호텔로 몰려들었다.

공식 계체량이 끝나고 양 선수의 공식 기자회견이 계획되어 있었기 때문이다.

거의 100여 명에 달하는 숫자였다.

세계 타이틀이 걸린 세기의 대결이 아니었음에도 이런 숫자의 기자들이 몰려든 이유는 브라운과 최강철의 네임 밸류가 그만큼 뛰어나기도 했지만 돈 킹과 밥 애런이 움직여서 언론 플레이를 극대화했기 때문이다.

거기다 한국 언론들까지 가세했기 때문에 그 숫자는 더욱 불어났다.

최강철은 계체량 측정을 위해 일행과 함께 호텔로 들어서서 대기실에 머물다가 자신의 차례가 되자 천천히 행사장으로 들어섰다.

이건 뭐, 영화제 시상식을 방불케 하는 열기였다.

그가 행사장으로 들어서는 순간부터 수많은 플래시 불빛이 번쩍거렸다. 얼마나 많은 플래시가 동시에 터졌는지 마치 불꽃놀이를 보는 것 같았다.

신경전이 대단했다.

더스틴 브라운 쪽에서 나온 참관인은 그가 체중계에 올라갈 때부터 눈을 번쩍이며 감시를 했는데 그 장면이 기자들의 사진에 고스란히 찍힐 정도였다.

한계 체중에서 조금 미달되는 66.4kg으로 계체량을 통과한 최강철이 기자들을 향해 빙긋 웃어주었다.

이미 체중은 정확하게 맞춰놓은 상태였기 때문에 컨디션은 최고조였고 이제 시합을 치르기만 하면 된다.

계체량이 끝나면 대기실로 돌아가는 줄 알았으나 행사 진행 요원은 최강철을 한쪽에서 기다리게 만들었기 때문에 더스틴 브라운이 당당하게 걸어들어오며 개선장군처럼 기자들을 향해 팔을 불끈 치켜드는 장면을 고스란히 지켜봐야만 했다.

하아, 그놈.

피지컬 하나만큼은 지금까지 상대한 놈들 중에서 손가락에 꼽을 정도로 좋다.

더군다나 머리통이 작아서 어깨로 가리면 때릴 데가 없을 것 같았다.

더스틴 브라운의 계체량도 쉽게 끝이 났다.

얼핏 보면 미들급이라 해도 믿을 만큼 몸통 전체가 근육으로 덮여 있었지만 의외로 놈의 체중은 66.5kg에 불과했다.

연습량이 그만큼 많았다는 뜻이다.

저 정도의 피지컬이라면 평소 체중은 틀림없이 75kg에 육박했을 것이다.

두 사람의 계체량이 모두 끝나자 진행 요원이 기자들을 향해 포즈를 취해주라는 요청을 해왔다.

포즈의 종류는 두 가지.

하나는 악수하는 장면을 연출해 주는 것이고 또 하나는 상대를 향해 주먹을 겨누는 포즈였다.

진행 요원의 요청에 따라 최강철이 중앙으로 나가 손을 내밀었으나 어느샌가 옷을 입은 더스틴 브라운은 팔짱을 낀 채 비릿한 웃음을 지으며 미동조차 하지 않았다.

"치워, 이 새끼야. 더러운 그 손 치워. 악수는 친한 사람들끼리 하는 거야."

하아, 이놈 봐라. 이것도 신경전이냐, 아니면 나에 대한 경멸감의 표현이냐?

그동안 시합이 결정된 이후 양 선수의 인터뷰 내용이 계속해서 언론에 오르내리면서 각 진영의 감정은 극도로 날카로워진 상태였다.

특히 더스틴 브라운은 시간이 지날수록 입에 담지 못할 정도의 비난을 계속 키워왔다.

제프 카터는 신경전을 펼치는 것이라며 상대하지 말라고 했으나 그의 비난이 언론에 계속해서 나올 때마다 윤성호와 이성일은 분노를 참지 못했다.

내민 손을 들어 비웃음을 가득 머금고 있는 놈의 면상을 가격하고 싶었으나 최강철은 꾸욱 참고 천천히 손을 거둬들였다.

모든 게 기자들에게는 뉴스거리다.

아니, 오히려 이런 건 독자들의 흥미를 충분히 유도할 만큼 자극적인 것이었기에 기자들은 더스틴 브라운이 비웃음을 띄며 악수를 거부한 장면을 미친 듯이 찍어댔다.

하지만 그것은 시작에 불과했다.

서로를 향해 주먹을 겨누는 장면을 촬영하면서 더스틴 브라운의 도발은 더욱 커졌다.

놈은 포즈를 취하다가 갑자기 오른쪽 스트레이트를 번개처럼 뻗어서 최강철의 턱 앞에서 멈췄는데 1cm만 더 나왔어도 가격이 될 정도로 기습적인 행동이었다.

이 씨발 놈이.

놈의 스트레이트가 나오는 순간 슬쩍 얼굴을 비켰던 최강철의 이가 하얗게 드러났다.

도발도 분수가 있다. 지금까지 참고 있었던 것은 기자들이 어떻게 쓸 것인지 두려워서가 아니라 놈의 행동이 가소로웠기 때문에 두고 봤을 뿐이다.

"주먹 안 치우면 죽여 버린다!"

"크크크… 네 별명이 허리케인이라며. 참 가소로운 별명이야. 햇병아리가 몇 번 날뛴 걸 가지고 허리케인이란 별명을 지어주다니 얼마나 웃긴 일이냐. 조금만 기다려. 이 주먹으로 박살을 내줄 테니까."

"너 정말 주먹 안 치울 거냐. 여기서 몇 대 맞고 뒈져볼래?"

"어이, 냄새나는 노랭이. 이번에 개구리가 되면 너희 나라로 돌아가서 다시는 오지 마. 미국은 냄새나는 노랭이들이 함부로 노는 곳이 아니냐."

"닥쳐, 이 씨발 놈아. 깜둥이 주제에 어디서 인종 차별이냐. 병신 같은 놈. 자존심도 없는 새끼!"

"너… 지금 뭐라고 그랬어. 깜둥이? 너 이리 와. 이리와, 이 자식아!"

도발에 도발로 맞대응한 최강철의 태도에 더스틴 브라운이 이성을 잃고 주먹을 날리자 현장이 난장판으로 변해 버렸다.

진행 요원이 중간을 가로막았으나 더스틴 브라운이 계속해서 달려들자 윤성호와 이성일이 최강철을 뒤로 밀어내며 주먹을 치켜들었다.

그러자 이번에는 브라운의 스태프들이 달려 나와 엉켰기 때문에 계체량 측정 행사장은 양 진영의 몸싸움으로 인해 전쟁터를 방불케 했다.

그 장면들은 기자들에게 더없이 맛있는 먹잇감이었다.

공식 인터뷰를 위해 몰려들었던 기자들의 카메라가 총알처럼 빗발치며 양 진영의 몸싸움을 찍어대며 기쁨의 환호성까지 질러대고 있었다.

크크크… 재밌다, 재밌는 일이다.

최강철은 뒤쪽으로 물러나 몸싸움을 벌이고 있는 사람들을 바라보다가 더스틴 브라운을 향해 시선을 던졌다.

놈은 멀찍이 떨어져 자신을 잡아먹을 듯이 노려보고 있는 중이었다.

바보 같은 놈. 신경전을 걸어왔으면 당연히 반격이 있을 거란 생각도 했어야지.

알겠다. 네가 어느 정도의 멘탈을 가졌는지.

이 정도 도발 정도로 그렇게 흥분한다면 너는 이틀 후 나한테 죽는다.

*   *   *

고려대 신방과 3학년 김관균은 스포츠서울에 나온 사진을 보면서 가볍게 눈살을 찌푸렸다.

1면의 반이나 차지한 흑백사진은 계체량 도중 난장판이 되어버린 트리바고호텔 행사장의 모습을 그대로 보여주고 있었는데 멀찍이 떨어져서 관망하고 있는 최강철의 모습도 활동사진처럼 고스란히 찍혀 있었다.

"이 자식, 우리하고 나이가 같다고 했지?"

"응. 23살이니까 같은 나이야."

　김관균이 신문을 던지며 툭 말을 던지자 앞에서 막걸리를 마시고 있던 정환석이 쓰게 웃으며 대답을 했다.

　신문에 나타난 사진이 꼭 한국 사회를 보는 것 같았다.

　한쪽에서는 대가리가 깨지게 싸웠고 한편에서는 최강철처럼 관망하는 이방인들이 넘쳐났으니 분명 한국은 정상적인 나라가 아니었다.

　23살.

　지금의 한국 대학생에게는 지독하리만치 아프고 힘든 나이였다.

　고려대 총학생을 맡고 있는 김관균은 물론이고 이곳에 모인 네 명은 신군부의 독재에 저항하며 학생운동을 주도하고 있는 사람들로 학과는 달랐지만 전부 대학 3학년이었다.

　뜨거운 피를 가진 젊은이들.

　자유를 위해 학업을 접은 채 저항하는 그들의 얼굴은 피곤함이 가득 담겨 있었다.

김관균의 입이 열린 것은 신문을 넘겨받은 정태수가 기사를 열심히 읽고 있을 때였다.

"군정권에서 저놈의 시합을 일부러 중계방송한다더라. 국민들의 시선을 돌리기 위해서 말이지."

"저 새끼도 신군부 정권의 하수인이구만. 그놈들 정권 유지에 한몫하고 있으니 말이야."

"그렇게 말하지 마. 저놈은 저놈 나름대로 최선을 다해 살고 있을 뿐이잖아."

"결과가 나쁘게 나타나면 아무리 최선을 다해서 산다 해도 애국자는 아니야. 저놈이 국민들을 위해 한 게 뭐가 있어?"

"모르겠냐?"

"뭘?"

"저놈 경기를 학수고대하고 있는 국민들의 기다림이 얼마나 큰지 정말 몰라?"

"음……."

"최강철 저놈은 어쩌면 우리보다 훨씬 더 커다란 일을 하고 있는 건지 모른다. 우리는 자유를 쟁취하기 위해 싸운다지만 국민들에게 희망을 주고 있다는 확신을 나는 아직도 하지 못하고 있어. 하지만 저놈은 달라. 단순한 주먹질 하나로 전 국민들에게 희망과 기쁨을 주고 있잖아."

"그렇게 말하지 마. 네가 그렇게 말하면 우리가 뭐가 돼. 지

금은 아니라도 분명 역사는 우리가 싸운 이 시간들을 기억해
줄 거다."

쓴웃음을 짓는 김관균을 향해 정환석이 투덜거렸다.

하지만 목소리에는 힘이 들어 있지 않았다.

지금까지 대학에 들어와 3년 동안 끊임없이 독재 타도를 외
치며 싸워왔지만 누군가에게 칭찬을 들은 적은 한 번도 없었
다.

오직 왜 다들 참고 견디는데 네가 앞장서서 손해 보며 싸우
냐는 부모님의 눈물과 불알친구들의 걱정 어린 시선만 받았
을 뿐이다.

그건 앞에 앉아 빙그레 웃고 있는 김관균도 마찬가지였고
나머지 집행진도 비슷했다.

"다음 시위가 저놈 시합과 날짜가 겹치는 거 알고 있지?"

"그런데?"

"시간을 뒤로 미루자."

"왜?"

"우리나라 사람들 잘 알잖아. 이런 탄압을 받으면서도 복싱
이라면 자다가도 벌떡 일어날 정도로 좋아해. 만약 그런 정신
으로 싸웠다면 독재 정권은 벌써 무너졌을 거다. 아마 그 날
은 시합 끝날 때까지 사람들이 거리로 나오지 않을 거야. 그
러니 시간을 뒤로 미룰 수밖에……. 아무도 없는 거리에서 싸

울 수는 없잖아."

"그건 그렇지. 하아, 정말 이게 무슨 일인지 모르겠네. 복싱 때문에 시위 계획을 바꿔야 하다니……."

"어쩔 수 없는 일이니까 받아들이자고. 하긴, 나도 저놈 시합이 궁금하긴 해. 저번에 우연히 봤는데 정말 대단했어."

"우리가 시위를 연기하면 전경들도 좋아하겠다. 그놈들도 저 자식 경기를 보고 싶어 했을 테니 말이야. 그렇지 않겠어?"

"당연하지."

"태수야, 1, 2학년 학생장들에게 전해. 출정 시간을 오후 3시로 늦춘다고 말이야. 그리고 가는 길에 전경들한테도 말해줘라. 우리 시위는 시합 끝난 다음부터 한다고."

"그건 왜?"

"그놈들도 대부분 우리와 같은 학생들이야. 전경에 차출되어 어쩔 수 없이 우리와 싸우고 있지만 그놈들이 싸우고 싶어서 싸우겠냐. 그러니까 이럴 때 푹 쉬게 해주는 것도 괜찮지 않겠어?"

*　　　　　*　　　　　*

시합 전날.

최강철은 서지영과 함께 메디슨 스퀘어가든 맞은편에 위치하고 있는 펜실베이니아호텔의 식당에서 마주 앉아 있었다.

데이트를 하기 위해서가 아니다.

오늘 저녁은 마이클 델과 같이 먹기로 약속되어 있었고 지금 그는 열심히 달려오고 있는 중이었다.

한 달 전부터 마이클 델로부터 상의할 게 있다는 연락이 계속 왔음에도 뒤로 미룬 것은 훈련으로 인해 바빴기도 했지만 어차피 그를 시합에 초대할 계획이었기 때문이다.

최강철은 마이클 델을 자신의 시합에 초대했는데 동업자로서의 자격이 아니라 친구로 초대한 것이었다.

서지영의 말에 따르면 호텔을 잡아놓았고 VIP석까지 준비했다는 말을 들은 델은 흥분으로 인해 거의 기절 직전까지 갔다고 했다.

잠시 기다리자 문이 열리며 마이클 델의 모습이 나타났다.

그는 식당 문으로 들어와 잠시 주춤했으나 최강철이 손을 들자 마치 달리는 것처럼 빠르게 다가왔다.

"강철, 오래 기다렸어?"

"아니, 우리도 온 지 얼마 안 됐어. 델, 얼굴이 좋아 보인다. 잘 지냈지?"

"그럼, 나는 잘 지냈지. 보고 싶었어."

최강철의 손을 잡은 델의 얼굴에는 환한 웃음과 반가움이 고스란히 담겨 있었다.

그랬기에 최강철은 마주 잡은 손을 끌어당겨 그의 몸을 깊게 안아주었다.

반가움은 반가움으로.

순수한 마음으로 자신을 반기는 델의 마음은 진심으로 받아주는 것이 맞다.

"어라, 예전보다 조금 마른 것 같은데?"

"하하… 너무 바빠서 밥을 제대로 못 먹었거든. 그래서 그런가 저절로 다이어트가 되었어."

"왜 바빴는데?"

"일단 앉아서 이야기해. 나, 강철한테 할 말이 많아."

델이 여전히 웃으며 자리에 먼저 앉자 최강철과 서지영이 그 뒤를 따라 의자에 앉았다.

그가 서두르는 건 그동안 계속 연락해서 상의하고 싶다는 것과 연관이 있을 것이다.

하지만 최강철은 그가 본론을 꺼내기 전 식사부터 주문하면서 와인도 곁들였다.

비즈니스는 절대 서두르면 안 된다고 생각했기 때문이다.

그런 영향 때문인지 식사를 하는 동안 델은 사업 이야기 대신 최강철의 시합에 대해서 입을 열었다.

"난 참 행운아인 것 같아. 강철을 알고 나서 모든 일이 잘되고 있으니 말이야. 난 강철의 광팬이야. 알지?"

"그럼, 알지."

"직접 눈으로 강철이 시합하는 걸 보고 싶었는데 이런 기회가 올 줄은 정말 몰랐어. 꼭 꿈을 꾸는 것 같아."

"언제든지 필요하면 말해. 다른 사람은 몰라도 너만은 초대할 테니까?"

"와우, 고마워."

그는 식사하면서 훈련은 어땠는지 물었고 신문을 통해 공식 행사에서 벌어졌던 일들에 대해서 말하며 흥분을 감추지 못했다.

당장 내일, 자신의 눈으로 최강철의 시합을 볼 수 있다는 사실이 아직도 믿겨지지 않는다는 얼굴이었다.

식사를 하는 동안 그의 이야기를 들으며 유쾌하게 웃었다.

젊다. 아직 때가 묻지 않은 델의 순수함은 너무나 깨끗해서 듣는 동안 아무런 잡생각이 들지 않도록 만들어주었다.

웨이터가 다가와 접시를 치우기 시작하자 서지영이 슬쩍 화제를 바꾸었다.

최강철이 걱정되었기 때문이다.

내일 커다란 시합을 앞두고 있는 최강철이 빨리 방으로 돌아가 쉴 수 있게 하고 싶었기 때문에 그녀는 델를 향해 본론을 꺼내들었다.

"델, 이제 말해봐요. 강철 씨는 내일 시합 때문에 오래 있을

수가 없어요. 이해하죠?"

"그럼요. 당연히 그래야죠."

"뭐 때문에 만나자고 했어요?"

서지영이 묻자 그녀의 아름다운 얼굴을 바라보던 델의 시선이 최강철에게 돌아왔다.

그도 알고 있는 것이다.

비록 회사끼리 계약이 되어 있으나 자신의 회사에 투자한 당사자는 서지영이 아니라 최강철이란 사실을 말이다.

"강철, 기쁜 소식 하나와 상의할 일이 하나 있어. 뭐부터 들을래?"

"이왕이면 기쁜 소식부터 듣자."

"좋아. 우리 대박 났어. 내가 개발한 PC 주문이 물밀듯 들어오고 있단 말이야. 강철이 조언한 것처럼 컴퓨터 잡지에 광고를 냈는데 그때부터 주문이 폭주하고 있어."

"얼마나?"

"저번 달에는 100대였는데 이번 달에는 벌써 200대가 넘었어. 앞으로도 계속 증가할 것 같다고!"

"하하하… 잘됐구나. 정말 잘됐어."

"이대로라면 우린 금방 부자 될 거야. 이게 다 강철이 나를 도와주었기 때문이야. 고마워."

"무슨 소리. 네가 잘해서 그런 거지."

"아냐, 나 혼자였다면 이렇게 할 수 없었을 거야."

최강철이 빙그레 웃으며 부인을 하자 델이 완강하게 고개를 저었다.

그의 눈은 최강철에 대한 고마움과 믿음이 강하게 자리 잡고 있었다.

시작이구나, 델 컴퓨터의 신화가…….

아직 많이 남았을 것이라고 생각했는데 델의 신화는 벌써부터 꿈틀거리며 움직이고 있었던 모양이다.

"그래, 나한테 상의하고 싶다는 건 뭐지?"

"일손이 부족해서 인원을 증원하고 공장 규모도 키워야 될 것 같아. 그래서 말인데… 강철, 아무래도 은행 융자를 받거나 다른 곳에서 투자를 받아야 될 것 같아. 이대로라면 밀려드는 주문을 해결할 방법이 없거든. 우린 동업자니까 강철의 의견을 들어보고 결정해야 된다고 생각했어. 강철 네 생각은 어때?"

"얼마나 더 들 것 같아?"

"지금까지 원가를 제외하고 이윤으로 남은 게 10만 달러가 있어. 하지만 인력 증원과 공장 확대를 하려면 당장 30만 달러는 필요해."

"알았다. 내가 해결하지."

"무슨 소리야. 강철이 또 투자하겠다는 뜻이야?"

"그래, 내가 한다. 대신 지분을 더 넘겨줘야 해. 우린 친구지만 동업자이기도 하니까 지분 산정은 정확해야 되지 않겠어?"

"그건 당연하지. 그런데 얼마나?"

"내 지분을 45%로 올려줘. 나한테 돌아올 이윤까지 같이 투자하는 거니까 그 정도는 되어야 해. 어때, 괜찮겠어?"

"좋아, 그렇게 하자. 나도 은행 융자를 받기는 싫었거든. 정신없이 바쁜 상태라 다른 곳에서 투자를 받는 것도 쉬운 일이 아니었는데 강철이 그렇게만 해준다면야 뭐가 걱정이겠어. 나야 고마울 뿐이지."

"오케이. 지영 씨, 델 이야기 들었지? 서류 준비 해서 투자 협약서 조정해 줘."

"강철 씨……."

"괜찮아. 델은 꼭 성공할 거야."

불안한 눈으로 자신을 바라보는 서지영을 향해 최강철은 환한 웃음을 보여주었다.

아직 터를 잡지 못한 델에게 그는 세상에서 가장 믿음직한 투자가였을 테니 이때 더 지분을 확보할 필요가 있었다.

지금 아니면 지분을 더 확보할 기회가 없을 것이다.

앞으로 델 컴퓨터는 막대한 이윤을 남기며 사세를 확장해 나갈 테니 지분 확보는 이번이 마지막이라는 판단이 들었다.

그랬기에 미안해하는 마이클 델과 불안한 눈으로 자신을

바라보는 서지영을 향해 여유 있는 미소를 보내줄 수 있었다.

앞으로 얼마나 더 투자가 필요할지 모르나 델 컴퓨터의 신화가 시작되면 상당 부분은 이윤과 주식을 상장 것으로 커버가 될 것이다.

따라서 지금의 15% 지분 추가 확보는 그에게 어마어마한 이득을 가져다줄 게 분명했다.

최강철은 눈을 뜬 후 커튼 사이로 들어오는 햇살을 바라보았다.

햇살은 눈부실 정도로 밝아 침실을 가득 적시고 있었다.

드디어 오늘, 북미 타이틀전을 건 일전이 벌어진다.

천천히 침대에서 일어나 기지개를 켜며 커튼을 젖히고 이미 떠올라 자신을 내려다보는 태양을 향해 시선을 보냈다.

찬란하다.

웅장한 빌딩들을 한꺼번에 덮어버리는 태양의 위대함은 인간의 능력으로는 도저히 범접치 못할 경이로움이 담겨 있었다.

팔짱을 낀 채 한동안 태양에 잠식된 빌딩 숲을 바라보다가 천천히 몸을 돌리며 고개를 좌우로 꺾었다.

복싱을 시작한 것도, 마이클 델을 만난 것도, 그리고 앞으로 다가올 인생을 개척해 나가는 것도 어쩌면 조작된 운명일지 모른다.

그러나 그럼에도 나는 최선을 다해 살아갈 것이다.

내 앞에 놓인 한계와 난관을 하나씩 부숴가며 성취해 나가는 인생을 살아가는 게 내가 간절히 원하는 삶이었으니까.

＊   ＊   ＊

메디슨 스퀘어가든.

라스베이거스에 있는 MGM 그랜드가든 아레나와 함께 복싱계에서 양대 성지로 꼽히는 곳이다.

무하마드 알리와 조 프레이저의 대결 등 수많은 타이틀전이 벌어진 곳으로 수용 관중이 2만 명에 달했다.

뉴욕시의 중심에 위치하고 있어 관중들의 접근이 용이했고 특설 링과 다르게 경기장이 건물 실내에 있어 기후의 영향을 받지 않았다.

이곳으로 수많은 사람이 몰려들기 시작한 것은 오후 4시가 넘었을 때부터였다.

몰려든 사람들의 얼굴은 가벼운 흥분으로 인해 홍조를 띠고 있었다.

세계 타이틀전이 아님에도 그들이 이렇게 흥분을 하는 것은 메인이벤트에 나서는 선수들의 기량이 그만큼 대단했기 때문이다.

가슴을 뛰게 만드는 무패 복서들의 대결.

더군다나 두 선수 모두 강렬한 인파이팅을 주 무기로 하기 때문에 이번 경기는 그 어떤 시합보다 치열하게 전개될 게 분명했다.

"강철아, 오늘 컨디션은 어떠냐?"

"좋습니다."

김도환이 묻자 최강철이 여유 있게 대답했다.

최강철은 경기 예정 시간보다 훨씬 일찍 도착해서 라커룸으로 들어왔는데 이곳까지 따라 들어온 것은 김도환과 토머스뿐이었다.

둘 다 그와는 질긴 인연을 가지고 있는 기자들이었다.

"여기 미국도 대단하지만 한국은 지금 난리가 아니야. 어제 저녁에 본사하고 통화를 했는데 네 경기를 보려고 학생들이 데모까지 멈췄단다."

"정말입니까?"

"내가 뭐 하러 거짓말을 하겠냐? 한국 국민들은 네가 이겨 주기를 간절히 바라고 있어. 지치고 힘들어서 그런지 사람들은 자꾸 뭔가에 희망을 거는 것 같아."

"음……."

최강철은 김도환의 말을 듣고 무거운 신음을 흘려냈다.

몸은 미국에 와 있지만 언제나 마음은 한국으로 향하고 있었기에 텔레비전에서 고국에 관한 소식이 나올 때마다 눈에 불을 켜고 지켜봤다.

암울하고 어두운 시대.

지금 한국에서는 군사독재에 대한 저항이 일어나며 수시로 시위가 벌어지는 중이었다.

이미 알고 있는 내용이었지만 김도환으로부터 한국 소식을 듣자 저절로 마음이 무거워졌다.

희망. 그래, 희망이 없다면 그 지독한 어둠 속에서 어떻게 버틸 수 있을까.

자신 역시 그 역사를 겪으며 젊은이의 고통을 느낀 적이 있었으니 충분히 이해가 갔다.

"강철아, 부담을 주려고 한 말이 아니야. 그냥 알려주고 싶었어. 네가 이런 사실을 알면 더 힘을 낼 수 있을 것 같아서……."

"괜찮습니다."

"이겨줘라. 꼭 이겨줘. 알았지?"

"김 기자님, 저는 이길 겁니다. 그러니까 잘생긴 제 얼굴 예쁘게 찍어서 신문에 대문짝만 하게 실어주세요."

김도환을 바라보며 최강철이 환하게 웃었다.

그 웃음 속에 담겨져 있는 것은 승리에 대한 강한 의지와 다짐이었기에 김도환은 남몰래 깊은 한숨을 흘려냈다.

그래, 그렇게 생각해 줘라.

강철아, 네가 이기면 국민들의 얼굴에 웃음꽃이 핀다는 걸 잊지 않아줬으면 좋겠다.

시간은 빠르게 지났다.

오픈 게임으로 잡혀 있던 2개의 시합이 모두 끝나자 관중들의 함성이 라커룸까지 들려왔다.

북미 타이틀전이 관중들로 만원을 이룬 것은 처음이라고 들었다.

그것도 2만 관중을 수용하는 메디슨 스퀘어가든을 가득 채웠으니 기록적인 관중 동원이었다.

출전하기 전 라커룸을 찾은 돈 킹과 톰슨의 격려를 받으며 최강철은 천천히 진행 요원의 안내에 따라 스태프들과 함께 통로를 걸어 나갔다.

그렇게 쉴새없이 떠들던 윤성호와 이성일마저 침묵에 잠겨 있었다.

그만큼 긴장하고 있다는 뜻이다.

무패의 챔피언.

그동안 철저히 분석하고 대비책을 마련했지만 그들은 자신들의 전략에 대해서 확신하지 못하고 있는 것 같았다.

하긴, 그럴 것이다.

복싱은 수많은 변수와 의외의 상황이 발생하기 때문에 마련된 전략대로 움직이는 경우가 많지 않았다.

더군다나 상대는 지금까지 상대해 왔던 어떤 선수보다 강했기에 출전을 하고 있는 이 순간 그들의 긴장은 최고조에 달해 있었다.

"관장님, 아침에 꿀 먹었습니까?"

"무슨 소리냐?"

"왜 어울리지 않게 벙어리 행세를 하냐고요. 사람 답답하게."

"인마, 꿀이나 사주고 그런 소리 해라. 에이 쌍, 난 아직도 커리어가 부족한가 봐. 왜 오줌이 자꾸 마려운지 모르겠네."

"화장실 갔다 오세요. 시합 도중에 가지 말고."

"말이 그렇다는 거지!"

주객이 전도되었다.

코치가 선수의 긴장을 풀어줘야 하는데 오히려 선수가 코치의 긴장을 풀어주고 있었으니 이건 완전히 거꾸로 되었다.

그럼에도 다행인 것은 농담을 하는 동안 윤성호와 이성일의 얼굴이 서서히 풀렸다는 점이다.

복도를 빠져나와 경기장으로 들어서자 엄청난 환호성이 들려왔다.

예전과는 다른 반응이었다.

처음 미국으로 들어왔을 때는 동양인이라는 선입감 때문인지 야유가 빗발치더니 이제는 자신을 부르는 소리가 관중들 사이에서 물결처럼 흐르고 있었다.

"허리케인, 허리케인!"

"고국에 계신 시청자 여러분. 여기는 뉴욕의 메디슨 스퀘어 가든입니다. 곧 최강철 선수와 더스틴 브라운. 더스틴 브라운과 최강철 선수의 북미 타이틀전이 벌어질 예정입니다. 윤 위원님, 정말 가슴이 떨리는 순간인데요. 이번 경기 어떻게 진행될 것 같습니까?"

"두 선수는 모두 인파이팅을 펼치는 선수들입니다. 물론 최강철 선수는 아웃복싱이 가능할 정도로 빠른 발을 가지고 있지만 지금까지 강렬한 인파이팅을 펼쳐왔기에 이번에도 그럴 가능성이 크다고 생각합니다. 그렇게 되면 초반부터 접전이 펼쳐질 것으로 예상되는데요. 워낙 테크닉이 좋은 선수들이기 때문에 치열한 난타전으로 진행될 것 같습니다."

"지금 최강철 선수는 전승을 기록하고 있으며 12번의 경기를 전부 KO로 장식했습니다. 펀치력 면에서는 최강철 선수가 우세하지 않을까요?"

"단정하기 어렵습니다. 더스틴 브라운은 21번의 KO승을 거두면서 단발 녹아웃을 만든 게 7번이나 되지만 최강철 선수는 그런 경우가 한 번도 없었어요. 최강철 선수는 지금까지 기회를 보고 있다가 완벽한 순간에 엄청난 화력을 터뜨려 상대를 무너뜨리는 경기를 해왔습니다. 제가 더스틴 브라운이 접근전을 펼칠 것으로 예상하는 것도 그런 맥락이 있기 때문입니다. 아마 브라운 진영은 같이 때리고 맞으면 승산이 있다고 생각할 겁니다."

윤근모가 말을 끝내고 옆에 놓아두었던 물을 들어 벌컥벌컥 들이마셨다.

이종엽과 그의 책상에는 물병이 5개씩 놓여 있었는데 예전 중계방송할 때 목이 쉬었던 것을 대비해서 미리 준비해 놓은 것이다.

"아, 말씀드리는 순간 도전자 최강철 선수가 입장하고 있습니다! 최강철 선수 당당한 모습입니다."

"관중들이 허리케인을 연호하고 있군요. 이곳 미국에서 최강철 선수의 인기가 어느 정도인지 알려주는 모습입니다."

"윤 위원님, 미국 사람들은 동양인에게 곱지 않은 시선을 보내는 것으로 알려져 있는데 최강철 선수가 폭발적인 인기를 누리는 이유가 뭘까요?"

"아까도 말씀드렸지만 최강철 선수의 인파이팅이 워낙 대단하기 때문입니다. 오죽하면 허리케인이란 별명이 붙었겠습니까. 복싱을 사랑하는 사람이라면 매료될 수밖에 없는 경기를 하기 때문에 미국 복싱 팬들이 최강철 선수를 좋아하는 것 같습니다."

"최강철 선수 링에 올랐습니다. 관중들에게 인사를 하고 있습니다. 가슴 떨리는 순간입니다. 최강철 선수 링을 돌면서 가볍게 몸을 풉니다. 우리의 최강철 선수 반드시 이겨주기를 기원합니다."

이종엽이 마이크를 붙잡고 속사포처럼 떠들었다.

수많은 경기를 중계방송한 베테랑이었지만 그는 최강철이 링에 올라 서서히 몸을 풀자 자신도 모르게 말이 빨라지고 있었다.

"어이, 시원하게 한잔들 해. 오랜만에 만났으니까 여유 있게 즐기면서 보자고."

"예, 각하."

전두환이 먼저 맥주잔을 들면서 참모진들에게 말하자 모여 있던 측근들이 앞에 놓여 있던 잔을 들어 한 모금씩 들이켰다.

안가에 모인 자들은 현재 한국을 손아귀에 넣고 좌지우지하는 신군부의 실세들이었지만 상석에 있는 전두환의 행동에 따라 꼭두각시처럼 움직였다.

지금은 사람좋게 웃고 있지만 전두환은 쿠데타로 정권을 탈취한 왕의 행세를 하면서 조금이라도 정권 유지에 위협이 된다고 생각하면 최측근마저 가차 없이 목숨을 날렸기 때문에 모여 있는 자들은 고슴도치처럼 몸을 웅크린 채 눈치 보기에 바빴다.

대표적인 희생양이 허삼수와 허화평이었다.

신군부 쿠데타의 주역들이었고 전두환의 심복이었던 그들은 정권을 잡은 지 불과 3년 만에 도태되어 변두리로 밀려나 겨우 목숨을 연명하고 있었다.

"오늘은 도로가 한산하다면서?"

"예, 각하. 저 친구가 국민들한테 인기가 좋습니다. 워낙 재밌게 경기를 하기 때문에 사람들이 학수고대하면서 오늘을 기다렸답니다."

"그래, 저놈이 복싱은 잘해. 나도 저놈 팬이야. 한번 시작하면 끝장을 보는 게 꼭 나 젊었을 때를 보는 것 같단 말이지."

"오늘은 흥미로울 것 같습니다. 상대하는 놈이 워낙 강해서 어떻게 될지 모르겠습니다."

"그래야 더 재밌는 거 아닌가. 변변치 않은 놈들만 잡으면 뭐 해. 하나를 잡아도 확실하게 때려잡아야 확실하게 효과를 보는 거야. 김영삼이나 김대중을 때려잡으니까 야당 놈들이 전부 비실거리는 것처럼 말이야."

"그렇습니다. 각하."

장세동이 희미하게 웃으며 대답을 하자 전두환이 파안대소를 터뜨렸다.

말을 해놓고 보니 제법 그럴듯한 비유를 했다고 생각했기 때문이다.

"데모하던 놈들도 오늘은 쉰다며? 얼마나 재밌나. 먹잇감을 던져주니까 덥석 무는 걸 보면 우리나라 국민들은 정말 다루기가 쉬워. 안 그래?"

"워낙 노는 걸 좋아하는 민족이잖습니까."

"푸하하, 그렇지. 그러니까 그걸 제대로 이용하면 효과가 좋을 거야. 장 실장, 앞으로도 이런 이벤트를 자주 마련해 주도록 해. 국민들이 좋아하는 걸 자주 마련해 줘야 통치하기가 쉬워져. 노는 거 좋아하는 놈들한테 놀 거리를 주면 엉뚱한 짓을 하지 않는다고."

"예, 각하. 그래서 우리가 아시안게임도 유치한 거 아니겠습니까. 선진 국민답게 행동해야 된다고 계속 홍보하는 중입니다. 모든 언론이 나섰기 때문에 약효가 서서히 먹혀들고 있는 중입니다. 아시안게임이 끝날 때까지는 별일 없을 테니 염려하지 마십시오."

최강철은 관중들에게 인사를 한 후 가볍게 뛰면서 호흡을
가다듬었다.

뜨거운 열기.

관중들이 토해내는 열기를 몸으로 받자 서서히 전신에서
부지가 솟아오르기 시작했다.

관중들의 입에서 폭탄이 터지는 것처럼 함성이 울리며 반
대쪽 통로를 따라 더스틴 브라운이 경기장으로 들어오는 것
이 보였다.

교활한 놈.

할렘가에서 자라 거친 삶을 살아왔다고 들었는데 놈은 생
각보다 훨씬 영악한 놈이었다.

공식 계체량 장소에서 자신을 향해 거칠게 도발하는 것을
보며 역으로 심리전을 펼쳤을 때 놈은 이성을 잃은 것처럼 날
뛰었으나 마지막 돌아서는 순간 희미한 미소가 얼굴에서 피
어나는 걸 똑똑히 확인할 수 있었다.

그놈 역시 자신의 심리전을 끝까지 완벽하게 수행했다는 뜻
이었다.

링에 올라온 더스틴 브라운은 아직도 자신을 무섭게 노려
보며 분노하는 모습을 감추지 않았다.

냉정하면서도 집요하다.

놈은 자신이 돌아설 때의 미소를 보지 못했다고 생각하는

모양이었다.

그 모습을 보면서 그 역시 차가운 시선으로 노려봤다.

네가 어떤 생각을 하는지 모르나 나는 그리 쉬운 남자가 아니야.

산전수전 공중전까지 겪으며 인생의 쓴맛이란 쓴맛은 전부 겪었으니 그 정도 심리전은 나에게 아무것도 아니란 말이다.

그러니 기다려. 곧 진짜 심리전이 어떤 건지 보여줄게.

"강철아, 저 자식 심리전에 말려들면 안 돼!"

"걱정 마. 설마 누구처럼 머리로 박기야 하겠어."

"그것도 조심해야 해. 저놈이나 너나 전부 인파이터라서 버팅이 생길지 몰라. 저놈은 흑인이야. 피부가 질겨서 같이 부딪치면 네가 깨진다고."

"크크크… 그런 경우가 생기면 나는 이빨로 깨물 테다. 나만 피 볼 수는 없잖아."

"아이고, 이 미친놈아. 지금 농담이 나오냐?"

이성일이 말하다가 말고 두 손을 번쩍 쳐들었다.

정말 배짱 하나는 끝내준다. 아무리 친구라지만 이럴 때마다 적응이 되지 않아서 환장할 지경이다.

돈 킹은 장내 아나운서도 베테랑으로 섭외해서 세계 타이틀전을 전담하고 있는 미카엘이 마이크를 잡았다.

그는 이런 행사는 눈 감고도 진행할 수 있는 사람이었다.

북미 타이틀은 동양 타이틀전과 동격인 시합이라 식전 행사가 제법 길었고 한참이 지나서야 선수 소개가 시작되었다.

하아, 참 오래 걸렸다. 대결을 앞두고 이런 쓸데없는 행사에 시간을 허비하다니 정말 피곤한 일이다.

선수들의 소개가 끝날 때마다 관중들의 입에서 벼락같은 함성이 터져 나왔다.

화려하다.

더스틴 브라운의 무패 기록, 최강철의 12연속 KO승은 쉽게 볼 수 없는 전적이었으니 출전하는 전사를 독려하는 것처럼 비장한 장내 아나운서의 외침에 따라 관중들의 환호와 함성이 메디슨 스퀘어 가든을 뒤흔들었다.

"강철아, 우리 3년 걸렸다."

"참 길었네요."

"긴 건 아니었어. 난 한국 챔피언 따는 데도 5년이나 걸렸으니까."

"혹시 놀면서 했기 때문에 그런 거 아니었나요?"

"넌 꼭… 어쨌든 이번에 타이틀 따고 내년엔 세계 챔피언 먹자."

"좋은 생각입니다."

최강철의 얼굴에 다시 한번 바셀린을 찍어 마사지를 해주던 윤성호의 얼굴은 마치 마른 고목처럼 바짝 말라 있었다.

그건 옆에 있는 이성일도 마찬가지다.

얼마나 긴장을 했던지 그들의 눈은 살짝 충혈되어 있었는데 어제 제대로 잠을 자지 못한 것 같았다.

더스틴 브라운의 소개가 끝나면서 관중들의 함성이 절정으로 치달았다.

레퍼리의 손짓에 따라 링의 중앙으로 나가자 더스틴 브라운이 거친 숨을 뿜어내며 그의 얼굴을 향해 이빨을 드러냈다.

훅… 훅…….

이 새끼, 입 냄새 봐라.

뭘 처먹었는지 가까이 다가오자 입 냄새가 장난이 아니다.

"어이, 노랭이. 죽을 준비됐지?"

"닥쳐!"

"저기 네 코너 쪽에 있는 캔버스가 무덤이 될 테니까 잘 닦아놓으라고 그래. 쓰러졌을 때 네 피가 오물에 섞이면 안 되잖아. 알았어?"

"크크크…….

도발에 웃어주며 놈의 글러브를 강하게 내려쳤다.

놈의 눈에 담겨 있는 냉정한 시선이 독사처럼 자신의 전신을 훑었으나 최강철은 몸을 돌려 코너로 돌아와 목을 좌우로 꺾으며 마우스피스를 입에 물었다.

윤 관장의 긴장은 최고조에 달했는데 마우스피스를 끼워주는 손이 덜덜 떨리고 있었다.

"이기자."

"예."

"챔피언벨트 들고 우리 사진 한번 멋들어지게 찍자."

"좋죠."

고개를 끄덕여 주었다.

그래, 반드시 이긴다. 이겨서 자신의 허리에 벨트를 맬 것이다.

때앵!

시합을 알리는 공이 전투를 개시하는 총성처럼 터지자 달려나가는 최강철의 뒤로 윤성호의 외침이 환청처럼 들려왔다.

"강철아, 가즈아!"

*   *   *

역시 머리통이 작다.

대충 봐도 다른 놈들보다 삼분의 일 정도가 작은 것 같았다.

거기에 양손으로 가드를 올리고 접근하자 때릴 데가 없어 보였다.

결국 놈을 잡을 수 있는 건 공격을 하기 위해 펀치가 나올 때뿐이다.

더스틴 브라운은 공이 울리자마자 링의 중앙을 점유하며 야금야금 접근해 들어오기 시작했다.

같은 스타일.

분석한 것처럼 놈은 자신의 펀치력을 믿고 인파이팅을 펼칠 모양이다.

놈이 무서운 건 절대 자신의 약점을 노출시킬 만큼 커다란 펀치를 함부로 날리지 않는다는 것이었다.

스트레이트든 훅이든 자신의 어깨 범위를 절대 벗어나지 않았는데 접근전에 최적화된 거리에서 펀치를 뿜어냈다.

쉬익, 쉬익!

리드 펀치가 번개처럼 날아왔다.

놈이 개시를 한 건 레프트 잽에 이은 라이트 훅이었는데 거의 스트레이트성이라 구분이 모호할 정도로 변형된 펀치였다.

그럼에도 공기를 가르며 날아온 펀치에서 기분 나쁜 소리가 새어 나왔다.

그만큼 예리하다는 뜻이다.

최강철은 좌측으로 돌면서 펀치를 피한 후 곧장 뒤로 물러났다.

놈도 자신의 경기 스타일을 분석하며 허점을 찾았을 것이고 그에 대한 대비책을 마련해 놨을 것이다.

지금까지 경기를 하면서 줄곧 집요할 정도로 인파이팅을

고집해 온 것은 사람들의 뇌리에 강렬한 인상을 심어주기 위함이었다.

최대한 빨리 궤도에 올라 스포트라이트를 받는 것이 목적이었고 그 목적은 12번의 경기를 치르면서 어느 정도 성공한 상태였다.

하지만 시합 횟수가 거듭되면서 점점 그럴 이유가 사라지고 있었다.

북미 타이틀에 도전하는 지금도 그렇다.

더스틴 브라운은 세계 최고의 수준을 자랑하는 놈이었고, 앞으로 붙어야 할 놈들은 더욱 무서운 짐승들이었으니 자신이 가진 모든 것을 쏟아부어야 한다.

쇄액!

최강철은 뒤로 물러난 후 거리를 확보한 채 다가오는 더스틴 브라운의 안면을 향해 레프트 잽 더블을 던졌다.

빠르다. 그리고 강력해서 눈에 보이지도 않을 정도다.

워낙 완벽한 가딩을 하고 있었기 때문에 안면을 건드리지 못했지만 글러브가 뒤로 밀릴 정도로 강한 레프트 잽이었다.

장점을 최대한 살린다.

최강철은 레프트 잽으로 놈의 접근을 차단한 후 다시 거리를 확보하고 뒤로 돌아 나갔다.

인파이팅이 아니라 아웃복싱이었다.

브라운의 눈에서 언뜻 의아함과 당황스러운 눈빛이 흘러나왔다가 금방 차분하게 가라앉았다.

그가 아웃복싱을 할 수도 있다는 것까지 감안해서 준비했다는 걸 의미하는 시선이었다.

하지만 너는 모른다. 내가 진짜 아웃복싱을 하면 어떤 결과가 일어나는지를…….

쉬익, 쉬익, 쉬익!

최강철의 레프트 잽이 더스틴 브라운의 선공을 완벽하게 틀어막으며 화살처럼 날아다녔다.

워낙 강한 잽이었기에 스토핑으로 막을 수 있는 펀치들이 아니었다.

스토핑으로 막지 못한다는 것은 공격이 원활치 못하다는 걸 의미한다.

더군다나 위빙과 더킹, 그리고 스웨잉과 패링으로 펀치를 흘리며 반격을 시도할 때 최강철의 신형은 이미 전권에서 벗어나 있었기 때문에 더스틴 브라운은 1라운드가 중반을 지날 때까지 제대로 펀치조차 내지 못했다.

그뿐만이 아니다.

살 떨릴 만큼 강력한 주먹들이 시시때때 뒤따라 들어오면서 계속 안면을 노리는 바람에 가딩을 풀기도 어려웠다.

이건 뭐야.

마치 유령처럼 링을 어지럽게 날아다니는 최강철의 움직임을 보면서 더스틴 브라운의 입이 슬쩍 벌어졌다.

빠른 건 알았지만 이 정도로 빠를 줄은 정말 상상도 하지 못했기 때문이다.

최강철은 발을 잠시도 고정시키지 않은 채 계속해서 링을 돌며 더스틴 브라운을 괴롭혔다.

놈을 잡는 방법은 두 가지.

하나는 격렬한 난타전을 통해 놈의 펀치가 나오는 순간 때려잡는 것이고, 또 하나는 이렇게 아웃복싱을 하면서 놈의 이성을 잃게 만드는 방법뿐이다.

인파이터의 본능은 강렬한 공격성을 지니고 있다는 것이다.

더군다나 더스틴 브라운은 상대를 끝까지 쫓아다니며 야금야금 무너뜨리는 스타일이었기 때문에 인내심도 뛰어난 편이었다.

이런 자를 무너뜨리기 위해서는 지금처럼 완벽한 아웃복싱으로 주먹조차 내밀지 못하게 만들어야 한다.

본격적인 공격을 하지 않았지만 놈의 입에서 짐승 같은 신음이 흘러나오게 만드는 데는 성공했다.

1라운드 내내 최강철은 펀치를 쏟아부으며 더스틴 브라운의 공격을 완벽하게 차단했는데 브라운은 겨우 20여 차례의 펀치만 뻗어냈을 뿐이었다.

그 역시 충격을 주는 펀치는 성공시키지 못했지만 충분히 화려하고 압도적인 쇼를 보여주었기 때문에 관중들은 실망하지 않았을 것이다.

아웃복싱의 정수.

이 정도의 아웃복싱은 레너드도 하지 못한다.

레너드를 보고 아웃복싱의 귀재라고 부르지만 그는 완벽한 아웃복서가 아니기 때문이다.

레너드는 자신이 가격당하는 것을 두려워하지 않았고 기회가 날 때마다 인파이팅으로 전환해서 접근전을 펼치는 스타일이었지 이렇게 완벽한 아웃복싱을 펼치는 스타일이 아니었다.

"어떠냐?"

"상당히 냉정한데요. 가딩도 좋아서 시간이 걸릴 것 같습니다."

"우리 예상이 맞았구만. 저 새끼 진짜 쇼를 한 거였어."

"하지만 곧 걸려들 겁니다. 이렇게 계속 경기를 진행하면 진다는 걸 알 테니까요."

"절대 무리는 하지 마라. 맞으면 한 방에 골로 갈 수 있어!"

"무리는 저놈이 하게 될 겁니다. 나는 여우거든요."

"네가 어디 그냥 여우냐. 백년 묵은 여우지."

1라운드 경기 내용이 작전대로 완벽하게 진행되자 윤성호의 얼굴에서 긴장감이 줄어드는 게 눈으로 보였다.

결국 이 경기는 기다림의 싸움이다.

강렬하고 뜨거운 시합을 관중들은 원하고 있겠지만 그건 때가 되면 자연스럽게 나타날 테니 서두르지 않을 생각이다.

심리전.

그래, 맞다. 최강철 진영이 준비한 것은 완벽한 심리전과 인내의 싸움이었다.

3라운드가 끝날 때까지 경기는 똑같은 방식으로 진행되었다.

더스틴 브라운은 계속 압박 전술을 펼쳤으나 최강철의 스피드를 따라잡지 못했기 때문에 제대로 된 공격을 하지 못하고 일방적으로 얻어맞을 수밖에 없었다.

경기가 변하기 시작한 것은 더스틴 브라운이 더 이상 견디지 못하고 최강철의 레프트 잽을 무시한 채 돌진을 시작한 4라운드부터였다.

펀치가 커졌다.

그동안 꾸준하게 각도를 지켜왔던 더스틴 브라운의 펀치 각도가 커지면서 안면이 노출되기 시작했던 것이다.

그때부터 최강철의 레프트 잽이 강력한 위력을 발휘하기 시작했다.

부웅, 부웅!

양 훅을 구사하며 돌진해 들어오는 더스틴 브라운의 펀치를 더킹으로 피한 최강철이 뒤로 빠져나가며 번개처럼 레프트 잽을 가동시켰다.

덜컥.

걸렸다.

고개가 들리는 순간, 따라 들어간 최강철의 라이트 스트레이트가 번개처럼 더스틴 브라운의 턱을 향해 날아갔다.

콰앙!

아무리 맷집이 좋고 반사 신경이 뛰어나도 이런 펀치를 맞고 견딜 놈은 세상에 아무도 없을 것이다.

충격도 충격이지만 균형이 무너진 상태에서 맞았기 때문이다.

갑작스러운 펀치에 당한 더스틴 브라운이 엉덩방아를 찧으면서 뒤로 넘어지자 그동안 화려한 쇼를 감상하는 것처럼 말없이 지켜보던 관중들의 입에서 함성이 터져 나왔다.

최강철이 완벽한 아웃복싱을 펼치면서 기대했던 난타전이 사라지자 긴장감이 풀려 있던 관중들의 눈이 뒤늦게 빛나기 시작했다.

더스틴 브라운은 레퍼리가 다가가 카운터를 세자마자 벌떡 일어났는데 전혀 충격을 받지 않은 모습이었다.

커다란 대미지는 받지 않았는지 몰라도 정신적인 충격은 꽤 나 컸을 것이다.

지금까지 한 번도 턱을 맞고 다운당한 적이 없었으니 벌떡 일어난 더스틴 브라운의 눈은 분노로 인해 이글이글 타오르고 있었다.

그건 바로 행동으로 이어졌다.

레퍼리가 시합을 다시 진행시키자 더스틴 브라운은 마치 미친놈처럼 최강철을 향해 돌진해 들어왔다.

그동안 이성의 끈을 붙잡고 자제하면서 기회를 노리던 더스틴 브라운은 이번 라운드에서 끝장을 보기라도 하려는 듯 거칠게 밀고 들어오며 펀치를 난사했다.

위잉, 위잉… 우웅……!

복싱 경기를 오랫동안 봐온 사람들은 잘 알겠지만 한쪽에서 목숨을 내놓고 접근전을 벌이면 아웃복싱의 의미가 사라진다.

그것은 스피드로 해결할 수 있는 범위를 넘어서기 때문인데, 일방적인 도주라면 모를까 결국은 난타전에 도달할 수밖에 없다.

문제는 바로 목숨을 건 자가 엄청난 위험에 직면한다는 것이다.

바로 더스틴 브라운처럼 말이다.

최강철은 놈이 방어선을 무너뜨린 채 돌진해 들어오자 몇 차례 피하다가 비어 있는 옆구리를 향해 강력한 레프트 훅을 작렬시켰다.

바로 이 순간을 기다리기 위해 지금까지 참아왔다.

짜릿하게 느껴지는 감촉.

정확하게 옆구리를 가격한 왼손 주먹에서 찌릿한 감각이 느껴지며 더스틴 브라운의 몸이 경직되는 것을 확인한 최강철이 후퇴를 멈추고 전진을 시작했다.

계속되는 복부 공격.

옆구리에 충격을 받은 브라운의 가드가 내려오면서 안면이 노출되었으나 최강철은 바짝 붙어 놈의 양쪽 옆구리와 복부를 향해 십여 발의 펀치를 꽂아 넣었다.

뒤로 물러난다.

그만큼 옆구리에 당한 충격이 남아 있다는 뜻이다.

놈은 대미지를 숨기기 위해 거친 반격을 하고 있었으나 그것은 죽음으로 들어가는 것이나 다름없는 짓이다.

패링에 이은 라이트 훅, 더킹과 함께 터지는 레프트 훅, 그리고 어퍼컷.

모든 펀치는 놈의 옆구리와 복부를 노린 것이었다.

펀치를 맞을 때마다 더스틴 브라운의 몸이 움찔거리며 뒤로 물러섰다.

하지만 최강철은 짐승의 목 줄기를 물어뜯은 맹수처럼 집요하게 복부를 노리며 따라붙었다.

"와아, 와아!"

어느샌가 관중들이 자리에서 일어나 고함을 치고 있는 게 보였다.

최강철의 전매특허. 바로 불꽃 인파이팅이 시작되었기 때문이다.

계속 날카로운 펀치들이 복부에 꽂히자 더스틴 브라운의 펀치가 줄어들면서 발이 느려졌다.

맹수의 날카로운 이빨이 무너지고 있었다.

브라운, 챔피언벨트를 내놓아라!

폭풍 같은 진격.

그동안 아웃복싱으로 시간을 보내던 최강철의 진격은 한번 시작되자 거침이 없었고 무서우리만치 강력했다.

비장의 무기 콤비네이션 펀치들이 터지기 시작한 것도 그때부터였다.

눈에 보이지도 않을 만큼 빠른 펀치들이 더스틴 브라운의 전신을 무차별적으로 두들겼다.

복부에 충격을 받은 브라운의 가드가 옆구리를 커버하기 위해 내려오면 안면에 작렬했고 다시 안면을 가리면 복부를 향해 날아갔다.

한 번으로 그친 공격이 아니었다.

옆구리에 펀치가 들어가는 순간부터 최강철은 몸통으로 적의 가슴팍을 밀며 전진하면서 무려 100여 발의 펀치를 쏟아부었다.

뒤로 물러나는 브라운.

지옥의 입구.

바로 자신이 최강철을 쓰러뜨리겠다고 공언했던 코너가 눈앞으로 다가오자 더스틴 브라운이 사력을 다해 반격을 해왔다.

얼마나 많은 펀치를 맞았는지 이미 동공이 누렇게 떠 있던 그로서는 어쩔 수 없는 선택이었을 것이다.

하지만 그것은 숨통이 끊어지기 전 마지막 발악을 하는 맹수의 힘없는 이빨에 불과했다.

콰앙, 콰앙!

더스틴 브라운의 펀치가 빠져나오는 순간 기다렸다는 듯 최강철의 양 훅이 그의 옆구리에 틀어박혔다.

턱에 펀치를 맞으면 앞이나 뒤로 쓰러지지만 옆구리에 충격을 맞으면 옆으로 쓰러진다.

바로 지금의 더스틴 브라운처럼 말이다.

잘 가라, 브라운!

"허리케인, 허리케인, 허리케인!"

더스틴 브라운이 글러브를 낀 손으로 자신의 복부를 움켜쥔 채 바닥에 쓰러져 몸부림치는 장면을 보면서 관중들이 벌떡 일어나 거대한 함성으로 최강철을 연호했다.

관중들은 잔인하다.

그들은 고통스러운 모습으로 캔버스를 뒹구는 더스틴 브라운에게는 어떤 동정도 하지 않은 채 손을 번쩍 치켜들고 있는 승자를 향해 뜨거운 박수를 보내고 있었다.

레프리가 더스틴 브라운의 상태를 확인하고 곧장 경기 종료의 신호를 보내오자 그 함성은 더욱더 거대해졌다.

로프를 젖힌 윤 관장이 뛰어 들어왔고 그 뒤를 이성일이 따랐다.

만세!

두 사람이 동시에 두 팔을 번쩍 치켜든 채 뛰어왔는데 링 중앙에 우뚝 선 최강철이 목표였다.

"강철아, 이 새끼야. 잘했다. 수고했어!"

"우하하하… 챔피언 먹었다. 우리 강철이가 챔피언이다!"

펄쩍펄쩍 뛰어다니는 윤성호와 이성일의 모습이 마치 천진난만한 어린아이처럼 해맑게 보였다.

한참 동안 끌어안고 기뻐하던 이성일이 갑자기 허리를 숙이더니 최강철의 가랑이 사이로 머리를 집어넣고 번쩍 일어섰다.

"강철아, 요건 보너스다."

"야, 인마. 내려놔. 빤스에 물건 꼈겼어. 아프다고!"

"푸헤헤… 아프더라도 지금은 좀 참아라. 내가 이걸 얼마나 해보고 싶었는지 넌 모를 거야. 웃어, 이 자식아! 그리고 두 손 번쩍 들어서 네가 챔피언이란 걸 사람들한테 알려."

"아이고, 미친놈."

목말을 태우고 펄쩍펄쩍 뛰어다니는 이성일의 귀를 잡아당기다가 최강철이 포기한 듯 웃는 얼굴로 두 팔을 번쩍 치켜들어 관중들의 환호에 답례를 보냈다.

관중들은 어느새 전부 일어서 있었는데 최강철이 두 팔을 쳐들자 또다시 박수와 함께 거대한 환호성을 보내왔다.

압도적인 경기.

무패의 챔피언 더스틴 브라운을 4라운드 내내 무기력하게 만들어 버린 후 통쾌한 KO승을 이끌어 낸 최강철의 존재는 그들에게 커다란 충격을 주기에 충분했다.

화끈한 인파이터들이었고 전적이 워낙 화려했기 때문에 대부분의 사람은 대등한 경기를 예상했으나 막상 뚜껑을 열어 보자 상대조차 되지 않았다.

메디슨 스퀘어가든을 직접 찾아올 정도로 열성적인 복싱 팬들이었으니 최강철이 뛰어난 복서라는 건 알고 있었지만,

타이틀전에서 차세대 챔피언 후보로 거론되던 더스틴 브라운을 일방적으로 몰아붙이다가 끝내 처참하게 박살을 내버리자 관중들은 그를 판타스틱4에 필적하는 선수로 인식하기 시작했다.

그것은 관중들의 입에서 튀어나온 말들이 증명하고 있었다.

"와우, 최강철. 레너드와 붙어봐라. 충분히 해볼 만하겠다."

"아니야, 일단 듀란부터 꺾어. 너의 테크닉과 듀란의 돌주먹이 맞붙는 걸 보고 싶어!"

"헌즈와 싸워라. 허리케인, 제발 부탁이야. 너희 둘이 싸우면 난 자다가도 뛰어올 테다."

*　　　　*　　　　*

더스틴 브라운이 옆구리를 맞고 쓰러지는 순간 한국에서 날아온 기자들이 벌 떼처럼 달려들어 사진을 찍었다.

정말 어이없는 장면들이다.

그들은 사진을 찍다가 만세를 불렀고 서로를 붙든 채 기쁨을 나누다가 또 사진을 찍느라 정신이 없었다.

결국 더스틴 브라운이 일어서지 못하자 레프리가 최강철의 승리를 선언하는 순간 스포츠서울의 김도환과 동아일보의 김양수는 서로를 얼싸안은 채 대한민국 만세를 불렀다.

로프 밖에서 대기하던 스태프들이 올라가 최강철을 붙들고 기쁨을 나누는 장면을 보면서 몸이 들썩였다.

마음 같아서는 그들도 링 안으로 들어가 마음껏 소리를 지르고 싶은 심정이었다.

모두 한마음이다.

그들의 뒤편에 있던 한국 중계석은 지금 난리도 아니었다.

캐스터와 해설 위원이 모두 일어나 중계를 하면서 소리를 지르고 있었는데 거의 발악하는 것처럼 들렸다.

"아우, 살떨려. 김 기자 나 감기 걸릴 것 같아. 막 오한이 오는 게 추워."

"지랄, 그거 감기 아니다. 좋아서 그러는 거야."

"이건 뭐, 그냥 박살을 내버리는구만. 최강철 저놈 정말 괴물 아니냐?"

"그러게 말이다. 아… 정말 아쉬워. 저놈이 한국에서 활동했으면 매일 기사를 쓸 수 있었을 텐데……."

김도환이 입맛을 다시며 억울하다는 표정을 지었다.

맞는 말이다.

지금까지 최강철이 13번이나 싸우면서 승승장구를 해왔으나 직접 본 것은 두 번밖에 없었기 때문에 마음껏 기사를 쓰지 못했다.

동아일보의 김양수가 입을 열다가 급하게 멈춘 것은 링 아나운서인 미카엘이 마이크를 들고 최강철을 향해 다가가는 게 보였기 때문이다.

"야, 인터뷰하려는 모양이다. 뭐라고 그러는지 들어보자."

링 아나운서가 승자를 향해 다가가 인터뷰를 하는 건 관중들에 대한 서비스였다.

특히 메디슨 스퀘어 가든에는 많은 기자가 몰려 있었기 때문에 주최 측에서 인터뷰를 마련했는데, 미카엘이 직접 마이크를 잡았다.

"허리케인, 승리를 축하합니다."

"감사합니다."

"정말 훌륭한 시합이었습니다. 전문가들은 대등한 경기를 예상했는데 거의 일방적인 경기를 펼쳤습니다. 초반에 아웃복싱을 펼친 것은 작전이었습니까?"

"더스틴 브라운은 훌륭한 인파이터로서 펀치력이 좋고 접근전 능력이 탁월한 선수였기 때문에 훈련할 때부터 아웃복싱으로 타깃팅을 맞춰놓았습니다. 다행스럽게 브라운 선수가 우리 쪽 전략을 간파하지 못한 것 같습니다."

"마지막에 피니쉬 블로우는 복부 공격이었습니다. 그것도 전략이었나요?"

"예, 브라운 선수는 3번의 다운을 당했는데 전부 복부를 맞고 쓰러진 것이었습니다. 그래서 집중적으로 복부를 공략할 생각이었습니다."

"이제 북미 챔피언에 올랐습니다. 앞으로의 포부에 대해서 한 말씀 해주시죠."

"북미 챔피언은 하나의 과정에 불과할 뿐입니다. 내 꿈은 언제나 세계 챔피언뿐입니다. 이 자리에서 저는 당당하게 선언합니다. 판타스틱4, 그 누구와도 상관없습니다. 그러니 피하지 말고 나와 싸웁시다. 언제, 어느 때라도 나는 준비되어 있다는 것을 이곳에 계신 관중들께 알려 드립니다."

최강철이 유창한 영어로 말하자 인터뷰를 지켜보던 관중들이 환호성을 지르며 격렬한 반응을 보였다.

몰려 있던 기자들은 그의 인터뷰 내용을 적느라 정신이 없었고 중계를 맡고 있던 ABC와 한국 중계진들이 최강철의 도전 소식을 전하며 미친 듯이 떠들어댔다.

링에서의 인터뷰는 간단하게 끝내는 것이 관례였으나 관중들의 반응에 고무된 미카엘이 흥분을 감추지 못하고 다시 입을 열었다.

"판타스틱4는 현재 최강으로 군림하고 있는 선수들입니다. 마침 이곳에는 듀란 선수가 와 있군요. 듀란 선수가 웃고 있는데 그에게 한 말씀 하시겠습니까?"

"미스터 듀란, 나는 당신을 존경합니다. 하지만 존경할 뿐이지 두려워하지는 않는다는 걸 분명히 말씀드립니다. 언제라도 좋으니 한판 붙읍시다."

카메라가 링 사이드에 있던 듀란의 모습을 잡았다.

전설의 듀란.

그는 최강철의 도발을 들으며 재미있다는 듯 박수를 치고 있었는데 전혀 개의치 않는 모습을 하고 있었다.

역시 백전노장답게 노련했다.

아마 그는 최강철의 도발을 일종의 해프닝으로 생각하며 가볍게 넘기는 것 같았다.

"최강철 선수, 인터뷰 고맙습니다. 다시 한번 승리를 축하드립니다."

"미스터 미카엘, 내가 하고 싶은 이야기가 있습니다. 잠시 시간을 줄 수 있겠습니까?"

"아, 말씀하시죠."

"관중 여러분, 성원에 감사드립니다. 저는 오늘 북미 챔피언에 올랐고 방금 말한 대로 반드시 세계 챔피언에 오를 겁니다. 앞으로도 계속 성원해 주시고 격려해 주십시오… 그리고……."

최강철이 잠시 말을 끊었다.

그러고는 천천히 한국말로 한 자, 한 자 끊어서 정확하게 말을 이어나갔다.

"한국에 계신 국민 여러분, 이렇게 미국에서 인사드리게 되어 정말 죄송합니다. 비록 몸은 미국에 있으나 저는 언제나 한국을 사랑하며 그리워하고 있습니다. 힘내십시오, 국민 여러분, 지금은 어렵겠지만 언젠가는 밝은 내일이 다가올 것입니다. 저 역시 힘을 내어 싸우겠습니다. 당당하게 세계 챔피언이 되는 그 순간까지 용기를 잃지 않고 싸우겠습니다. 고맙습니다."

*   *   *

고려대 총학생장 김관균은 학생회관에서 최강철의 시합을 지켜봤다.

그의 뒤로는 4명의 학생이 자리를 함께하고 있었는데 머리에는 붉은 띠를 질끈 동여맨 상태였다.

오늘은 시위가 계획되어 있었기 때문에 이곳에 모인 집행부는 복싱 경기가 끝나는 대로 도서관 앞 광장으로 나갈 예정이었다.

복싱.

지금 전 세계를 열광 속으로 몰아넣고 있는 지상 최고의 스포츠로 한국 사람들은 복싱 경기라면 자다가도 일어나서 볼 정도였다.

그들 역시 그랬다.

복싱은 사람의 심장을 뜨겁게 만드는 마력이 있었고 그들은 젊었기에 한국 선수가 세계 챔피언에 도전하면 텔레비전에 모여 앉아 주먹을 휘두르며 응원하곤 했다.

그러나 조국이 신군부의 총칼에 점령당하면서 그들의 열정은 자유를 되찾기 위한 투쟁으로 변해갔다.

아무것도 모르는 사람들은 그들을 보고 빨갱이라고 부르며 손가락질했으나 자유를 되찾을 수만 있다면 어떤 위험과 고통도 감수할 용의가 있었다.

지식인이 두려움 때문에 나서지 않는다면 조국은 영원히 신군부의 총칼 앞에서 무기력하게 무너진다는 걸 너무나 잘 알고 있었기에 절대 물러설 수 없었다.

알려야 한다.

배운 것이 없어 아무것도 모른 채 복종하며 사는 사람들과 두려움 때문에 나서지 못하고 숨어 있는 사람들에게 현재 한국이 겪고 있는 이 슬픈 현실을 알리는 것이 그들의 사명이자 절체절명의 과제였다.

최강철.

현재 한국에서 가장 인기 있는 복서 중의 한 명이었다.

그의 경기는 언제나 치열했고 폭발적인 마력을 지니고 있어 한 번 본 사람들은 영원히 잊지 못할 정도다.

김관균도 그런 사람 중의 하나였다.

다른 학생들은 그런 자신을 이해하지 못하겠다며 불만을 터뜨렸으나 그는 주저 없이 텔레비전 앞에 앉았다.

집행진 중의 상당수는 시위 계획을 연기하는 것에 대해 동의했으나 투쟁을 하는 마당에 복싱 경기를 본다는 건 말도 안 되는 짓이라며 텔레비전 보는 걸 거부했다.

그들을 설득하지 않았다.

개인의 생각 차는 투쟁에 한뜻을 모으고 있음에도 분명한 차이가 있는 것이니까.

정말 엄청난 경기였다.

최강철의 경기는 온몸에 소름이 돋을 정도로 강렬해서 오랜만에 마음껏 즐거움이 가득 찬 함성을 질러댈 수 있었다.

도대체 얼마만인지 모르겠다. 이토록 즐거운 함성을 지른 것이.

투쟁을 위해 수많은 학생 앞에서 고함을 지를 때는 전혀 느껴보지 못했던 쾌감이 전신의 솜털을 올올히 일어서게 만들었다.

"정말 대단하네. 저놈 정말 세계 챔피언 되겠는데?"

"그러게 말이야. 아예 챔피언이라는 놈이 상대가 안 되잖아. 마치 어린애를 데리고 논 것처럼 보여."

"우리 얼마나 시간이 있지?"

"10분 후에 나가면 돼."

"인터뷰하는 모양이니까 저것만 보고 나가자."

김관균의 말에 정태수가 고개를 끄덕거리자 나머지가 동의한다는 시선을 보내 왔다.

집행진 중에서 이곳에 모인 놈들은 전부 복싱에 미친놈들이다.

시합 못지않게 흥미진진한 인터뷰가 이어졌다.

최강철이 레너드와 헌즈를 거론하면서 한판 붙자는 말을 했을 때 모여 있는 학생들이 전부 환호성을 질렀다.

생각만 해도 소름이 돋았다.

한국 선수가 세계 최강으로 꼽히는 복서들과 전쟁을 치른다는 생각만 해도 온몸이 떨려올 정도로 흥분이 되었다.

그러나 그들을 진짜 경악하게 만든 것은 최강철이 한국어로 전한 마지막 목소리 때문이다.

─한국에 계신 국민 여러분. 이렇게 미국에서 인사드리게 되어 정말 죄송합니다. 비록 몸은 미국에 있으나 저는 언제나 한국을 사랑하며 그리워하고 있습니다. 힘내십시오. 국민 여러분, 지금은 어렵겠지만 언젠가는 밝은 내일이 다가올 것입니다. 저 역시 힘을 내어 싸우겠습니다. 당당하게 세계 챔피언이 되는 그 순간까지 용기를 잃지 않고 싸우겠습니다. 고맙습니다.

환호성을 지르며 인터뷰를 지켜보던 학생들의 입이 순식간에 닫혀졌다.

정확하게 전달된 것은 아니었으나 최강철이 한국 국민에게 전한 메시지는 많은 의미를 내포하고 있었다.

"관균아, 저 자식… 혹시……."

"너도 그렇게 생각했냐. 나도 그렇게 생각했는데……."

"쟤, 우리나라 사정을 아는 걸까?"

"그럴 수도, 아닐 수도. 하지만 한 가지는 분명히 알겠다."

"그게 뭔데?"

"저놈이 우리나라를 정말로 사랑하고 있다는 거. 저 눈으로, 저 음성으로 어떻게 거짓말을 해!"

"그렇지?"

"봐라, 내 말이 맞지? 저놈도 저 위치에서 최선을 다하고 있을 거라 말했잖아. 그러니까 이제… 우리도 나가서 최선을 다해서 싸우자고."

제22장
사랑이 그립다

최강철이 한국어로 무슨 이야기를 했는지 이해한 사람들은 오직 중계를 위해 파견 나온 한국 방송국 직원들과 기자들밖에 없었다.

　메디슨 스퀘어가든을 가득 메운 관중들은 물론이고 현지 중계 팀은 한국어를 몰랐기 때문에 최강철의 이야기가 단순한 인사 정도로만 생각했다.

　행사가 끝나고 링에서 내려와 라커룸으로 들어왔을 때 창백한 얼굴로 따라 들어온 김도환의 얼굴은 하얗게 질려 있었다.

모든 게 내 탓이다. 내가 그런 이야기만 하지 않았어도 전 국민이 듣는 앞에서 그런 폭탄선언을 했을 리 없었다.

만약 이 일로 최강철이 누군가에게 위해를 받게 된다면 자신은 칼을 물고 죽어야 한다.

"미안하다, 최강철."

"무슨 말입니까?"

"내가… 나 때문에… 씨발, 미안하다."

"왜 그러시는 건데요. 뭐가 기자님이 미안하다는 거죠?"

"너 일부러 그런 거잖아. 신군부 엿 먹으라고. 이놈아, 아무리 그래도 그렇지, 그런 짓을 하면 어떡해. 그 인간들이 얼마나 잔인한지 알기나 해!"

"하하하… 기자님, 난 무슨 소린지 모르겠네요. 난 우리 국민이 열심히 살기를 바랐을 뿐입니다. 나중에 다시 들어보세요. 내가 신군부에 대해서 뭐라고 한 말이 있나."

"으……."

"그러니까 걱정하지 마세요. 그런 얘기 했다고 설마 나를 잡아 죽이기야 하겠습니까?"

"당분간 움직이지 마라. 그자들이 어떻게 나올지 몰라."

"걱정도 팔자십니다."

최강철이 김도환을 바라보며 웃었다.

도저히 무슨 뜻으로 웃는 건지 알 수 없는 웃음이었으나

한 가지는 확실히 알 수 있었다.

그는 독재 정권을 전혀 두려워하지 않는 것 같았다.

시합이 끝난 후 미국 언론은 최강철의 승리를 대서특필하며 판타스틱4에 대한 도전이 담긴 인터뷰 내용까지 자세하게 실었다.

복싱 전문 기자들은 시합 내용을 상세히 분석했는데 심지어 막판에 폭풍처럼 몰아쳤던 펀치의 숫자까지 정확하게 적혀 있었다.

위상의 변화다.

이전 시합까지만 해도 대부분의 신문은 토막 뉴스로 그의 승리를 전했으나 이번 시합에서 승리한 최강철의 기사는 한 면을 전부 차지할 정도로 비중이 커졌다.

그럼에도 미국 기자들은 최강철의 판타스틱4에 대한 도발에 커다란 의미를 두지 않았다.

도발은 도발일 뿐.

이제 겨우 북미 타이틀을 획득한 최강철의 도발은 관중들의 흥미를 돋우기 위한 이벤트에 불과하다는 것이 그들의 판단이었다.

*   *   *

"우와, 사진발 죽여주네. 아주 잘 나왔어. 오려서 보관해야
겠다."

"인마, 저 빤스 당겨진 거 봐라. 나 정말 아파서 죽는 줄 알
았어."

"그 자식, 계속 그 이야기네. 어차피 써먹지도 못하면서 뭘
그렇게 소중하게 여겨. 고장 나도 상관없는 물건 아니야?"

"이놈이 미쳤나. 어딜 만져!"

신문에 나온 자신의 모습을 바라보며 히죽히죽 웃던 이성
일이 손을 뻗어 물건을 잡아오자 최강철이 부리나케 뒤로 도
망쳤다.

신문에는 목말을 탄 그의 모습이 클로즈업된 상태로 잡혀
있었는데 이성일이 대가리를 불쑥 집어넣는 바람에 트렁크가
뒤쪽으로 몰려 있는 게 그대로 잡혔다.

"우리 관장님 얼굴 봐라. 완전히 좋아죽으려고 하네."

"관장님 꿈이 내가 챔피언 되는 거였잖아. 그러니 오죽 좋았
겠냐."

"난 아직도 그때만 생각하면 가슴이 떨려. 네가 그놈 쓰러
뜨리는데 막 머리에서 쥐가 나더라니까."

"푼수 같은 놈."

가슴을 끌어안는 이성일을 향해 최강철이 중얼거리며 신문

을 주워 들었다.

　삼총사.

　신문에는 혈혈단신으로 미국에 넘어와 3년 동안 동고동락
하던 인간들이 승리의 기쁨에 젖어 활짝 웃고 있는 모습이 담
겨 있었다.

　신문의 날짜가 5월 20일을 가리키고 있었으니 집으로 돌아
온 지 정확히 일주일이 지났다.

　그동안 최강철 일행은 휴식을 취하며 시간을 보냈는데 오
늘은 윤성호가 데이트를 하러 시내에 나갔기 때문에 그들 둘
뿐이었다.

　"강철아, 지영 씨 정말 예쁘더라."

　"응."

　"정말 사귀지 않을 거냐?"

　"그건 왜 물어? 너 그만해. 이상한 소리 하면 죽는다."

　"그 물건이 아까워서 그런다. 어휴, 불쌍한 놈. 주인 잘못 만
나서 이날 이때까지 복싱한다고 덜렁거리며 쫓아다니기만 했
지 뭘 해본 게 있어야지."

　"지랄하네."

　"너 그거 어따 쓰는 건진 아냐. 걔가 오줌만 싸라고 있는
게 아니야, 이 자식아."

　"하이고, 저는. 엄청 써본 것처럼 말하네."

"크크크… 인마, 내가 미국 생활이 벌써 3년이다. 1년에 분기별로 1번씩 벌써 10번이 넘어. 내 물건은 10번이 넘게 호강했다는 뜻이다. 뭘 알고 까불어!"

"그렇게나 많이 했어?"

"내가 너한테 같이 가자고 얘기한 게 스무 번도 넘어, 불쌍한 자식아. 어때, 오늘 저녁에 나가볼래? 엉아가 잘 아는 데 있다."

"미친놈."

"왜 싫어?"

"난 돈 주고는 절대 안 한다. 이 자식아, 그건 돈 주고 하면 정말 재미없는 일이야."

"어라, 동정남이 별소리를 다하네. 뭘 알고나 떠드는 거니?"

"너보다 많아. 횟수로 따져도 셀 수 없을 정도다."

무시하듯이 쳐다보는 이성일을 향해 최강철이 소리를 빽 질렀다.

이 자식이 나를 뭘로 알고.

전생에, 이 자식아. 응, 내가 한때는 일주일에 5번씩 했던 놈이야.

하지만 이성일을 설득시키기에는 역부족이다.

매일같이 옆에서 자신을 지켜본 놈의 눈에는 그가 천연기념물이었기 때문이다.

그랬기에 이성일은 그의 고함 소리를 향해 잔뜩 비웃음을 흘려냈다.

"불쌍한 놈. 너 그렇게 살지 마라. 그러다가 그거 썩어 문드러져. 이 자식아, 네 나이가 한둘이냐. 왜 애를 그 지경으로 만들어놓는 거야. 오늘 저녁에 다운타운에 나가자. 내가 책임지고 동정 떼어줄게."

"어딘데?"

"있어. 따라오기나 해."

"안 돼. 오늘 지영 씨 만나기로 했어. 회사 일로 상의할 게 있거든."

"지영 씨 만나면 뭐 해. 써먹지도 못할 거면서. 걘 나중에 만나고 오늘은 그냥 나 따라와. 일단 네 물건부터 해방시키고 보자."

"야, 너 변태냐? 왜 자꾸 만지려고 그래, 이 자식아!"

차를 몰고 뉴욕 시내로 향했다.

정확하게는 뉴욕에서 조금 떨어진 곳에 위치한 사무실이 목적지다.

최강철은 서지영과 상의해서 뉴욕 외곽 쪽에 사무실을 얻었는데, 전화를 받고 서류를 정리하는 여직원까지 한 명 두었다.

사무실의 규모는 20평 남짓했고 월세는 1,500달러였지만 새로 지은 건물이라 깨끗했다.

마이더스 CKC.

그냥 이름만 봐서는 무슨 회사인지 알 수 없을 정도로 간단했으나 거기에는 많은 의미가 담겨 있었다.

포도주의 신이자 황홀경의 신인 디오니소스로부터 모든 것을 황금으로 변하게 만드는 손을 얻은 미다스.

마이더스는 그리스 신화에 나오는 미다스의 영어 표현이다.

미래를 알고 있는 최강철의 손이 모든 것을 황금으로 변하게 만든다는 의미였고 CKC는 최강철의 영문 이름을 딴 것이었다.

사무실 문을 열고 들어서자 책상에 앉아 있던 캘리가 자리에서 일어나며 인사를 해왔다.

그녀는 서지영이 회사 운영을 위해 뽑았는데 고등학교만 나왔다고 들었다.

일주일에 2번.

서지영은 학교에 다니는 와중에도 일주일에 2번씩 회사에 출근해서 델 컴퓨터와 관련된 업무와 세금 문제를 처리했고 최강철의 지시에 따라 주식에 대한 공부를 했다.

요즘 그녀는 바빴다.

최강철이 델 컴퓨터에 투자한 돈이 모두 합해 110만 달러나 되었기 때문에 자금의 사용 과정을 확인하느라 정신이 없었다.

"사장님, 아직 안 왔어요?"

"아뇨, 아까 오셨다가 세금 문제 때문에 잠깐 나갔어요. 곧 들어오실 거예요."

"커피 한 잔 줄래요?"

"예."

캘리는 그가 누군지 잘 모른다.

그녀는 복싱에 대해서 문외한이었고 회사에 들어온 지 한 달밖에 되지 않았기 때문에 최강철이 단순한 투자자라고 알고 있을 뿐이었다.

커피가 맛있다.

다른 건 몰라도 커피만큼은 좋은 걸로 마시자고 했더니 서지영이 직접 커피만 수입 판매 하는 가게까지 가서 사 왔다.

문을 열고 서지영이 나타난 것은 커피를 거의 다 마셨을 때였다.

"어머, 강철 씨. 언제 왔어. 우리 3시에 만나기로 했잖아."

"조금 빨리 왔어. 지영 씨 보고 싶어서."

"피이, 거짓말."

"캘리, 사장님 커피 마시고 싶다네요. 주는 김에 나도 한 잔 더 주고요."

캘리가 커피를 가져오자 서지영이 예쁜 입으로 호호 불면서 마셨다.

그녀는 모든 게 예쁘다.

요즘 들어 얼굴이 활짝 폈는데 몸매가 더욱 날씬해진 것 같았다.

"강철 씨, 이제 괜찮아?"

"응, 푹 쉬었더니 금방 좋아지네. 그런데 시합 재밌었어?"

"아휴, 무서워서 혼났어. 난 복싱 경기를 직접 보는 거 처음이었거든. 더군다나 강철 씨가 싸우는 거였잖아. 가슴이 조마조마해서 얼마나 힘들었다고."

"그럼 다음에는 못 오겠네."

"아니, 갈 거야."

"무섭다며?"

"그래도 강철 씨가 시합하는 건데 가서 응원해야지."

"하하… 지영 씨 때문이라도 지면 안 되겠다. 그런데 지영 씨, 델은 공장 이전 어떻게 진행하고 있어?"

"델은 공장을 라운드 록으로 옮길 생각인 것 같아. 오스틴은 비싸서 라운드 록에 있는 공장들을 알아보는 중이래."

"인원은?"

"15명을 충원했어. 그런데 정말 대박이 터진 건 맞는 것 같아. 컴퓨터 사이언스에 델에 관한 기사가 나왔는데 없어서 못

팔 정도래."

"잘됐네."

"델은 믿을 만한 사람이야. 그동안 강철 씨가 투자한 금액의 사용 내역을 일일이 확인해 봤는데 사적으로 사용한 곳이 한 군데도 없어……."

서지영이 서류 더미를 꺼내더니 델에 관한 설명을 이어나갔다.

꼼꼼하다.

똑똑한 여자가 꼼꼼하게 일을 챙기면 주변 사람들은 피곤해지지만 그녀에게 일을 맡긴 사람은 더없이 편해진다.

한참 동안 서지영의 설명을 들은 후 최강철이 장난스럽게 입을 열었다.

"델 얼굴에 '나 착한 놈'이라고 쓰여 있었는데 못 봤어?"

"호호… 그게 보여?"

"그럼, 당연하지. 지영 씨도 보이는걸."

"나는 어떻게 쓰여 있는데?"

"예쁘고, 사랑스럽고, 착하고, 똑똑하고……."

"그만해. 얼굴 빨개져."

"주식에 관한 공부 많이 했어?"

"시켜서 하고 있기는 한데 너무 어려워. 주식이 이렇게 어려울 줄은 정말 몰랐어."

"경영학을 공부한 사람이니까 곧 적응될 거야. 빨리 공부해야 돼. 특히 선물 쪽을 집중적으로 공부해. 조만간 지영 씨가 바쁘게 움직여야 할 일이 생길 거야."

"그게 뭔데?"

"나중에 알려줄게."

"또, 또 이런다. 신비의 남자야, 뭐야. 무슨 남자가 이렇게 비밀이 많아?"

"지영 씨, 우리 영화 보러 갈래?"

"응?"

불쑥 입을 열자 서지영이 눈을 동그랗게 뜨고 한참 동안 최강철을 바라보았다.

믿겨지지 않는 눈.

지금까지 1년 반 동안 알고 지냈지만 최강철이 그녀에게 이런 제안을 한 것은 처음이었다.

"이번에 탑건이라는 영화가 개봉했는데 너무 잘 만들어졌대. 우리 같이 가서 보자."

"지금 나한테 데이트 신청하는 거야?"

"음… 아마, 데이트 신청 맞을걸?"

뉴욕 시내에 나갔지만 그들은 영화관 대신 레스토랑으로 들어갔다. 낮에 상영하는 영화는 매진이 되었기 때문에 식사를 한 후 저녁 7시 반에 상영하는 영화를 관람할 수 있었다.

서지영의 얼굴에서 웃음이 멈추지 않았다.

처음에는 어색해하더니 창문 밖으로 들어오는 바람 소리를 듣고 멀리서 보이는 뉴욕의 풍경을 바라본 후부터 부쩍 말수가 많아지며 햇살처럼 아름다운 웃음을 연신 터뜨렸다.

작은 농담에도 웃었고 길거리를 지나가는 강아지를 보고도 웃었다.

식당에 들어와서 최강철이 스테이크를 잘라주자 그녀는 턱을 괴고 그 모습을 지켜보며 하염없이 미소를 지었다.

많은 이야기를 나누었다. 회사 일이 아니라 그들에 관한 이야기였다.

가족 이야기를 했고, 학교 이야기를 했으며, 꿈과 사랑에 대해서 의견을 나눴다.

즐겁게 식사를 마치고 영화관을 찾았다.

미국에 와서 처음 보는 영화다.

탑건은 젊은이의 꿈과 사랑, 그리고 우정에 관한 파일럿의 이야기였다.

특히 비행 강사로 나온 여배우는 너무나 아름다워 관객들의 탄성을 연신 자아내게 만들었다.

어둠 속에서 영화를 보는 내내 많은 생각이 머리를 어지럽혔다.

맞다.

이성일의 말처럼 다시 인생을 살면서 한 번도 여자를 가까이 하지 않았다.

젊은 육체는 아침이 되면 수시로 그를 괴롭혔고 밤이 되면 이상한 꿈에 시달렸으나 여자를 찾겠다는 생각을 하지 않았다.

여자가 싫어서는 아니었다.

이미 아내에 대한 증오는 6년이란 시간이 지나면서 희석되고 희석되어 이젠 아무런 감정도 남아 있지 않았다.

그럼에도 여자를 찾지 못했던 건 새로 인생을 살면서 여유를 갖지 못한 채 앞만 보며 달리는 기관차처럼 미친 듯이 살아왔기 때문이다.

이제 와 생각해 보니 정말 바보 같은 짓이었다.

자신은 젊다. 뜨거운 피가 흐르고 사랑에 대한 그리움도 가슴에 남아 있는데 애써 외면하며 살아왔으니 뭔가 잘못돼도 한참 잘못되었다.

화면에서는 주인공인 톰 크루즈가 활주로를 따라 오토바이를 타고 달리는 장면이 나오고 있었다.

자유다. 사랑이다. 꿈을 꾸면서 살아가는 청춘이다.

서지영은 화면에서 격정적인 장면이 나올 때마다 감정이 듬뿍 담긴 눈으로 살며시 자신을 바라보고 있었다.

그 모습에 가슴이 뛰었다.

나는… 나도 모르게 사랑을 그리워하고 있었다.

                    *   *   *

서지영은 영화가 눈으로 들어오지 않았다.

요즘 가장 핫한 배우이자 절세의 미남으로 알려진 톰 크루즈가 주연이었고 탑건이란 영화가 엄청난 인기몰이를 하고 있다는 걸 알고 있었지만 자신의 옆에는 그보다 훨씬 더 관심이 가는 남자가 앉아 있었기 때문이다.

그가 영화를 보자고 했을 때 잘못 들은 줄 알았다.

영화.

아, 영화를 보자고 했다. 그가…….

뒤늦게 정신을 차리고 태연한 척했으나 사무실을 나와 시내로 향하는 동안 얼마나 가슴이 설레었는지 모른다.

바보가 되었다.

지나가는 모든 것이 그녀에게 웃음을 만들어주었고 세상에서 가장 아름다운 시간을 선물해 주었다.

그가 잘라준 고기를 먹으며 최대한 예쁘게 보이려고 노력했다.

마음 같아서는 그 사람의 스테이크를 잘라주고 싶었지만

너무 속이 보이는 것 같아 애써 참았다.

영화관으로 들어와 어둠 속에 잠기자 가슴속의 설렘은 최고조에 달했다.

그의 어깨와 자신의 어깨가 자연스럽게 부딪치며 전율을 만들어냈기에 제대로 침조차 삼키지 못했다.

아…….

그는 영화가 시작되자 정신없이 영화에 몰두했는데 자신이 살금살금 쳐다보는 것조차 모르는 것 같았다.

잘생겼다.

옆에서 보는 그의 얼굴은 어둠 속이 만들어낸 음영을 받아 더없이 매력적으로 느껴졌다.

이 남자가 이렇게 잘생겼었나?

앗.

그의 얼굴을 훔쳐보다가 화면에서 야한 장면이 나오는 걸 확인하고는 얼른 고개를 돌렸다.

톰 크루즈와 섹시 배우 캘리 맥길러스가 키스를 하면서 진한 애정을 나누는 장면이었다.

얼굴이 붉어졌고 손이 떨리기 시작했다.

마음에 둔 남자가 옆에 있다는 사실과 배우들의 뜨거운 숨결이 합쳐지면서 그녀를 안절부절못하게 만들었다.

그때, 그의 손이 미끄러지듯 움직여 들어와 살그머니 그녀의 손을 잡아왔다.

몸이 굳어져 어떤 행동도 할 수 없었다.

그랬기에 그녀는 손을 맡긴 채 최강철의 옆모습을 그저 물끄러미 바라보기만 했다.

영화관에서 말바에 있는 서지영의 본가까지는 불과 30분밖에 걸리지 않았다.

대학 4학년이 되면서 강의 시간이 줄어든 그녀는 회사 일을 보느라 뉴욕 시내에 왔을 때 시간이 늦으면 이곳에서 잠을 잤다.

영화관에서 나와 최강철이 모는 차를 타고 집으로 오는 동안 한마디도 할 수 없었다.

말을 안 한 건 그녀뿐만이 아니었다.

최강철은 그녀의 집으로 향하는 동안 앞만 보며 운전을 했는데 뭔가를 골똘히 생각하는 것 같았다.

차가 멈춘 곳은 그녀의 집 앞이 아니라 화이트스톤 브릿지가 바라보이는 이스트리버의 강가였다.

"잠깐 바람 좀 쐬고 갈래?"

"응."

불쑥 던진 한마디에 자동적으로 대답이 흘러나왔다.

그만큼 긴장하고 있었던 모양이다.

최강철은 차를 멈춘 후 그녀를 데리고 화이트스톤 브릿지가 한눈에 보이는 강가의 벤치로 걸어갔다.

아름다웠다.

조명 속에 잠겨 있는 화이트스톤 브릿지는 마치 천상의 다리처럼 허공 속에서 밝게 빛나고 있었다.

"여기 앉을까?"

"응."

"정말 아름다워. 꼭 지영 씨처럼 예쁜걸?"

"자꾸 그러지마. 강철 씨가 자꾸 그러니까 겁나."

"우리 꽤 오랜 시간을 같이했네. 벌써 1년 반이나 지났잖아."

"아니, 그보다 훨씬 많이 되었어. 내가 강철 씨를 처음 본건 2년도 넘었단 말이야."

"하하하… 그렇지."

최강철이 자신을 빤히 쳐다보는 서지영의 시선을 피하며 화이트스톤 브릿지로 눈을 돌렸다.

뭔가를 이야기하고 싶은 사람의 행동이다.

하지만 그 이야기는 쉽게 꺼낼 수 있는 게 아닌 것 같았다.

"지영 씨, 나한테는 비밀이 많아. 그렇게 느끼지 않았어?"

"…무슨 비밀인데?"

"지금은 말할 수 없어. 하지만 언젠가 기회가 되면 그때 말해줄게."

"칫, 그러니까 신비의 남자 행세를 계속하시겠다, 이거구나?"

"그런 거지."

"어떤 비밀을 가지고 있어도 상관없어. 우린 친구니까 전부 용서해 줄게."

서지영이 발로 땅바닥을 툭툭 차면서 강가를 바라보았다.

강가에는 교량에서 비춘 조명과 환한 달빛이 어울러져 아름다운 그림들이 그려지고 있었다.

"나 지영 씨한테 물어볼 말이 있는데……"

"뭔데?"

"지영 씨는 왜 남자 친구를 안 사귀었어?"

"마음에 드는 남자가 없으니까 그렇지."

"그럼 마음에 드는 남자가 나타나면 사귈 생각이야?"

"당연한 말씀, 헤에… 그런데 그런 남자가 어디 쉬워야지. 운명처럼 척 하고 나타나 줬으면 좋겠는데 뭐 하고 있는지 소식이 없네."

"난 어때?"

"…그게 무슨 말이야?"

"난 어떠냐고 묻는 거야. 지영 씨한테 내가 대시하는 거지. 운명의 남자라고 마구 우기면서."

어느새 그녀를 바라보는 최강철의 눈은 깊게 가라앉아 있었다. 그랬기에 서지영은 숨이 멎을 것 같은 표정으로 한동안 아무 말도 하지 못했다.

영화관에서 손을 잡았을 때는 지금 이 순간에 비하면 아무 것도 아니었다. 이 떨림, 이 설렘, 몸이 하늘로 붕 뜬 것 같았고 머리가 하얗게 비어 아무런 생각도 나지 않았다.

"농담이라면 하지 마. 나 가슴 떨린단 말이야."

"정말이야. 오랫동안 지영 씨를 지켜보면서 점점 좋아졌어. 내가 복싱을 하기 때문에 상당히 거친 남자처럼 보였을지 몰라도 상당히 세심한 사람이라 쉽게 말을 하지 못했어. 하지만 이제는 해야 될 것 같아. 그래서 지영 씨 손을 잡은 거야. 이 사람의 손이 더없이 따뜻하기를 바라면서. 지영 씨, 나 어때? 지영 씨 남자 친구로 괜찮을까?"

"바보… 그걸 말이라고 하니. 내가… 얼마나 기다렸는데……."

＊　　　　＊　　　　＊

서지영이 강의를 듣기 위해 걸어가자 멀리서 친구들이 그녀를 기다리는 게 보였다.

반가웠다.

불과 이틀이 지났을 뿐인데도 너무 예뻐서 안아주고 싶은 마음이 들었다.

행복한 사람은 모든 것이 아름답게 보이는 모양이다.

"지영아, 뭐 좋은 일 있어? 왜 실실 웃고 그러니?"

"응, 내가 뭘?"

"이것이 시치미 떼고 있네. 무슨 일 있지? 어제 기숙사에도 안 들어오고. 너 뉴욕 갔다 오더니 사람이 이상하게 변한 것 같다?"

"웃음이 달라, 웃음이. 아무래도 지영이 뭔 일 생긴 거야."

"일 때문에 뉴욕 가는 게 한두 번이야. 아무 일 없었어."

"거짓말!"

최대한 태연한 표정으로 말하자 클로이와 수잔이 동시에 소리를 질렀다.

그녀들의 시선은 의심으로 가득 차 있었는데 어지간한 변명은 절대 통하지 않을 것 같았다.

"뉴욕에서 강철이 만났지?"

"어… 응."

"그럼 어제 하루 종일 강철이랑 같이 있었던 거야?"

"일하다가… 영화 보자고 해서……."

"누가, 강철이가?"

"무슨 영화 봤는데?"

영화라는 소리에 결정적 증거를 잡은 것처럼 두 여자의 입에서 동시에 비명이 튀어나왔다.

이젠 늦었다.

얼떨결에 물을 엎질러 놨으니 주워 담기에는 때가 너무 늦었다.

"탑건, 톰크루즈 나오는."

"이야, 이것들 봐라. 그동안 계속 내숭을 떨더니 기어코 본색을 드러내는군. 그래서 영화 끝나고 왜 안 들어왔는데? 혹시… 강철이하고?"

"어머, 애는……. 그거 매진이라 저녁 먹은 후에야 겨우 봤어. 시간이 너무 늦어서 엄마네 집에서 자느라 들어오지 못한 거뿐이야."

"다른 짓은 안 하고?"

"그래, 이것아. 다른 짓은 안 하고 집에 갔다."

서지영이 발끈하며 대답하자 클로이와 수잔이 한참을 노려보다가 슬그머니 의심의 눈초리를 풀었다.

그녀의 태도가 워낙 완강했기 때문이다.

"좋아, 믿어줄게. 그런데 걔가 왜 갑자기 영화 보자고 한 거지? 지금까지 일 년 반이 지나도록 한 번도 그런 적이 없더니?"

"수잔, 너도 생각해 봐. 지영이가 그동안 얼마나 노력했니.

그 남자가 드디어 넘어오기 시작한 거 아니겠어?"

"정말 그런 걸까?"

"너무 나가지 마라. 영화야 언제든지 볼 수 있는 거잖아."

"호오, 말도 안 되는 소리를 하시네. 니들은 우리에게 모두 친구야. 사실을 모르다가 어느 날 불쑥 알게 되면 우린 배신감에 치를 떨게 돼. 그러니까 기회줄 때 사실대로 말해."

"…영화관에서 손잡았어… 그 사람이 영화를 보다가 갑자기……."

한번 입이 열리자 서지영이 술술 있었던 이야기들을 풀어났다.

그러자 클로이와 수잔이 입을 떠억 벌린 채 영화 감상 하듯 그녀의 이야기를 들으며 감탄사를 연발했다.

드디어 최강철이 사귀자고 말했다는 순간 그녀들은 서지영을 끌어안고 난리 브루스를 쳤다.

너무나 잘 안다. 다른 사람들에게는 말하지 못했던 서지영의 비밀을 그녀들은 너무나 잘 알고 있었다.

그랬기에 클로이와 수잔은 진심으로 축하해 주며 그녀가 간절하게 원하던 사랑이 장밋빛으로 물들기를 진심으로 바랐다.

하지만 서지영의 이야기가 강가에서 끝나자 그녀들의 눈꼬리가 올라갔다.

영화관에서 손까지 잡고 그렇게 아름다운 곳에서 사귀자고 했으면 다음 장면으로 진행되어야 하는데 최강철은 그녀를 집에 데려다준 후 그냥 돌아갔다는 것이었다.

"손만 잡았어? 정말 다른 건 안 하고?"

"혹시 키스하자고 덤볐는데 네가 거부한 거 아니야?"

"아니거든……."

"아이고, 걔 이상한 애네. 왜 손만 만져? 사귀기로 했으면 최소한 키스는 해야지. 안 그러니, 클로이?"

"당연하지, 죤은 처음 사귈 때 키스하면서 자연스럽게 가슴까지 만지더라. 섹스는 그다음에 했고. 사귈 거면 적어도 그 정도는 해야 되는 거 아냐?"

"너희들은 한국 문화를 몰라서 그래. 우리나라는 너희처럼 개방적이지 않아."

"흐응, 웃기고 있네!"

"바보들아, 원래 우리나라 사람들은 손부터 잡는 게 예의이자 규칙이라고. 아무것도 모르면서 까불어."

"세상 천지에 그런 나라가 어디 있니? 남자 여자가 서로 좋은데 순서를 지키면서 하나씩 진도를 뺀다는 소린 처음 들어 봤다. 혹시 다른 이유가 있는 거 아냐? 복싱 하다가 거기를 못 쓰게 됐다든가. 내가 강철이한테 물어볼까, 정말 다쳤는지?"

"시끄러워. 괜히 이상한 소리 하기만 해!"

"아휴, 답답해. 알았어, 알았으니까 그 눈 그만 풀어. 예쁜 애가 어쩌면 그런 눈을 만들 수 있니? 겁나게."

"클로이, 수잔. 정말이야. 우리 일은 우리가 예쁘게 알아서 할 거니까 그냥 지켜만 봐. 알았지?"

워낙 심각한 얼굴로 말했기에 클로이와 수잔이 입맛을 다시며 고개를 끄덕였다.

여기서 더 나갔다가는 서지영이 화를 낼 것만 같았기 때문이다.

"알았다고. 하여간 축하해. 나중에 우리 같이 맥주 마시자."

"호호… 고마워."

"그런데 너네 회사는 잘돼가는 거야?"

"응, 잘되고 있어. 강철 씨 주식이 회사 쪽으로 넘어왔는데 180만 달러나 돼. 거기다 델 컴퓨터에 투자된 돈이 110만 달러가 넘어."

"우와, 그럼 300만 달러나 되는 거네. 대단하다."

"내가 분석한 바로는 앞으로 델 컴퓨터 쪽에서 매달 10만 달러 이상은 들어올 것 같아. 거기다가 강철 씨는 복싱으로 번 돈을 다른 곳에 투자하려나 봐. 그래서 앞으로 일이 많아질 것 같아."

"어디?"

"글쎄, 그건 모르겠어. 나는 회사 관리를 주로 하고 투자는 강철 씨가 결정하거든. 나중에 때가 되면 알려준대."

"재밌겠다. 작은 회사라도 직접 경영하는 거니까 재밌을 것 같아."

"응, 재밌어. 회사 운영에 관해서 전반적인 걸 모두 챙기다 보니 많은 것을 알게 되더라."

"그래서 넌 계속 그 회사에 있을 거야?"

"당연하지."

"음… 잘 생각해 봐. 너 정도면 일류 기업에 들어가서 금방 성장할 수 있어. 혹시, 강철 때문이니?"

"아니, 난 이 회사가 재밌어. 강철 씨도 강철 씨지만 투자가 본격적으로 시작되면 더 재밌는 일이 많이 생길 것 같아."

"적성에 맞다는 뜻이네."

"그렇지. 그런데 너희들은 어때?"

"지금 고민 중이야. 여러 회사에서 콘택트가 들어오고 있는데 막상 결정하려니까 쉽지가 않아."

"호호… 그럼 우리 회사 들어와라. 내가 아주아주 잘해줄 게."

1987년 5월.

시간은 무섭게 흘러가며 최강철의 인기를 천정부지로 치솟게 만들었다.

북미 타이틀을 4차례나 방어하면서 연속 KO승을 끌어냈는데, 그의 경기는 언제나 화려하고 강렬했기 때문에 관중들의 심장을 뜨겁게 달구었다.

17전 17KO승.

이제 그의 경기는 ABC뿐만 아니라 NBC와 CBS까지 가세해서 중계권을 놓고 싸울 정도로 폭발적인 인기를 끌고 있었다.

WBA 5위, WBC 6위, IBF 1위에 올라 있었기 때문에 언제든지 세계 타이틀전에 도전할 수 있는 자격을 갖춘 상태였다.

미국의 복싱 팬들은 그가 레너드와 시합하기를 학수고대했고 언론에서도 조만간 그의 타이틀 도전이 성사될 것이라 예상하고 있었다.

그만큼 그의 타이틀 도전은 기정사실화되어 가고 있는 중이었다.

하지만 그의 타이틀 도전은 예상치 못한 암초에 걸려 이루어지지 못했다.

WBA와 WBC 통합 챔피언으로 군림하던 슈가레이 레너드가 갑자기 은퇴를 선언하면서 각 기구의 챔피언 자리가 공석이 되어버렸기 때문이다.

은퇴 이유가 기가 막혔다.

복싱이 재미없어졌고 이제부터는 가정을 지키면서 행복하

게 살고 싶다는 것이 은퇴를 선택한 이유였다.

갑자기 맥이 탁 풀렸다.

그를 목표로 지금까지 싸워왔는데 말도 안 되는 이유를 들어 은퇴를 해버렸기 때문에 WBA와 WBC 양대 기구는 랭킹 1, 2위 간의 시합을 열어 챔피언을 결정한다는 계획을 발표했다.

미치고 펄쩍 뛸 노릇이다.

챔피언 결정전이 조만간 치러진다지만 최소 3개월은 걸릴 것이고 돈 킹이 움직여서 곧바로 도전권을 획득해도 최소 6개월 이상은 걸릴 게 분명했다.

챔피언이 되기 위해서는 앞으로도 많은 시간을 기다려야 한다는 뜻이었다.

그러나 인생은 예상치 못하는 변수들에 의해 쉴 새 없이 바뀌는데 최강철에게도 그런 기회가 불쑥 찾아왔다.

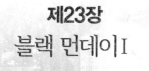

제23장
블랙 먼데이 I

최강철은 4번의 경기에서 벌어들인 대전료가 들어올 때마다 GE, IBM의 주식을 사들였다.

　일종의 포트폴리오다.

　코카콜라와 버크셔 해서웨이에 투자한 금액은 2년이 지난 지금 원금에서 50%나 오른 200만 달러가 되었기 때문에 단기간의 안전성을 위해 분산투자를 했던 것이다.

　재밌는 것은 대전료로 벌어들인 원금 300만 달러가 1년이 채 되지 않은 지금 380만 달러가 되어 있다는 것이었다.

　코카콜라와 버크셔 해서웨이에 투자했던 것까지 모두 합하면 그의 주식 자산은 무려 580만 달러가 되어 있었다.

마이더스 CKC의 사무실은 뉴욕 외곽의 변두리에서 빠져나와 뉴욕 시내에 자리를 잡았는데 사무실 크기가 무려 70평에 달했고 직원 숫자도 서지영까지 합해 5명이나 되었다.

델 컴퓨터에 투자한 것이 대박이 났기 때문에 전문적으로 관리할 직원이 필요했고 주식을 담당할 직원도 필요해서 서지영이 충원했다.

재밌는 것은 그중에 클로이가 포함되어 있다는 점이었다.

그녀는 델 컴퓨터가 대박이 나면서 정신없이 바쁘던 서지영을 잠시 도와주다가 눌러앉았는데 델 쪽을 전담하고 있었다.

델 컴퓨터는 최강철이 투자한 후 1년 반 만에 7,000만 달러의 판매고를 올리며 미친 듯이 날아가고 있는 중이었다.

정말 무서울 정도의 신장세였다.

이익의 상당 부분을 재투자했으나 최강철에게 돌아온 수익이 무려 300만 달러나 되었으니 황금 알을 낳는 거위를 잡은 것이나 다름없었다.

최강철이 사무실로 들어서자 서류를 들고 바쁘게 움직이던 서지영이 반색을 하며 달려 나왔다.

그녀와 이야기를 나누며 서류를 보던 클로이는 얼마나 바쁜지 손만 들어 보이고는 곧장 다시 서류에 코를 박았다.

"강철 씨, 어서 와."

"바쁘네, 뭐가 그렇게 바빠?"

"델 쪽에서 신규 투자건에 대한 서류가 도착해서 클로이와 검토하는 중이었어. 오스틴 쪽에 2만 평 규모의 공장을 새로 신축해야 된대. 이틀 안에 검토 끝내고 서류를 보내달라고 해서 정신없이 움직이는 중이야."

"벌써 3번째 공장인가?"

"응. 사업이 정말 무섭게 확장되고 있어. 어떨 때는 소름이 돋을 정도야."

"이번 분기에 우리 쪽으로 들어오는 돈은?"

"95만 달러 정도 될 것 같아. 어쩌면 더 될 수도 있고."

"델이 잘하고 있구나."

"강철 씨, 사무실에 아무래도 회계 전문가가 있어야 할 것 같아. 능력 있는 사람으로 뽑으면 안 될까?"

"걱정 마. 곧 올 거야."

"정말?"

"응, 내가 이미 말해놨거든. 지영 씨도 잘 아는 사람이야."

"어머, 그 사람이 누군데?"

"인혜 누나."

"그 언니는 절대 안 온다고 했잖아."

"우리 회사 자본이 천만 달러가 넘으면 이곳으로 오기로 약속했어. 하하하… 그 누나 약속을 지키라고 하니까 엄청 황당해하더라."

최강철이 재밌다는 듯 유쾌하게 웃자 서지영이 눈을 동그랗게 뜨고 쳐다봤다.

뭐가 그리 재밌는지 최강철의 웃음은 한동안 계속되었는데 서지영이 바라보고 있어도 멈추지를 못했다.

"뭐가 그렇게 재미있어?"

"그 누나 표정이 너무 웃겼어. 약속 안 지키면 관장님 못 만나게 한다니까 도끼눈을 부릅뜨면서 얼마나 신경질을 내던지."

"호호… 강철 씨, 못됐다."

"아마 다음 주면 이곳으로 출근할 거야. 그러니 그때까지만 참아."

"응, 알았어."

최강철의 말에 서지영이 다소곳이 대답했다.

그녀는 일 년 전 최강철과 사귀기 시작한 후부터 아예 말바에 있는 본가로 이사를 왔기 때문에 졸업 전부터 회사 일에 전념하고 있었다.

"지영 씨, 이제 주식들을 처분해야 되겠어."

"주식을?"

"응, 지영 씨가 주가 동향을 파악하면서 두 달 이내에 모두 처분해 줘."

"지금 주식 시장이 상승세야. 이대로 두면 이익이 계속 날
텐데 왜 처분을 해?"

그녀에게 사실을 말해줄 수는 없었다.

하긴, 사실을 말해줘도 믿지 않았을 것이다.

이제 앞으로 4달 후면 미국 경제를 초토화시켜 버리는 블
랙 먼데이가 다가온다는 사실을 그녀가 어떻게 믿을 수 있겠
는가.

경제는 언제나 붕괴 이전에 마지막 불꽃을 피우며 화려하
게 타오른다.

마치 지금의 미국 경제처럼.

"다른 곳에 투자해야 돼. 그러니까 꼭 두 달 이내에 전부
처분해서 현금을 확보해 놔야 해. 무조건, 알았지?"

"어디에 쓸 건데?

"그건 나중에 알려줄게."

"또 그런다. 신비주의!"

"하하, 미안. 클로이, 잠깐 이리로 와볼래?"

서지영이 도끼눈을 뜨자 최강철이 웃으며 시선을 돌려 서류
에 파묻혀 있는 클로이를 불렀다.

그러자 그녀가 고개를 빼꼼 들면서 입술을 삐죽였다.

"그 사람 참, 둘이 예쁘게 데이트하다가 갑자기 왜 불러. 나

이거 이틀 안에 끝내서 보내줘야 한단 말이야."

"클로이한테 말할 게 있어서 그래."

"중요한 거야?"

물으면서 그녀가 슬그머니 엉덩이를 들고 다가왔다.

그녀 역시 이 회사의 실질적인 주인이 최강철이라는 것을 알기 때문에 말은 편안하게 했지만 회사에서는 직원이란 신분을 잊지 않았다.

최강철의 입이 열린 것은 클로이가 다가와 서지영의 옆에 앉았을 때였다.

"내 말 잘 들어. 우린 다음 주에 샌프란시스코로 출장을 간다."

"출장?"

"그래, 출장. 기업 투자에 대한 건 클로이가 전담하니까 같이 가야 돼."

"우리가 또 투자를 한다고? 어느 회산데?"

"아직 회사는 차리지 않았어. 대신 우린 앞으로 회사를 차릴 사람을 만나러 가는 거야."

"아, 답답해. 그 사람이 누군지 가르쳐 줘야지?"

"레오나드 보삭!"

현재 그의 기억 속에 델과 함께 남아 있는 유일한 인물, 레오나드 보삭.

전생에서 죽기 한 달 전 경제 전문지를 읽은 적이 없었다면 절대 기억할 수 없던 인물이기도 했다.

IBF(국제 복싱 연맹)은 1983년 미국에서 태동된 신생 기구로 WBA의 체제를 따라 17체급의 챔피언을 배출했다.

그러나 권위 있는 WBA와 WBC가 인정하지 않았고 그들이 보유한 우수한 선수들이 IBF에 가담하지 못하도록 제제했기 때문에 한동안 유명무실한 단체로 지내야 했다.

복싱의 강호들이 몰려 있는 중남미 선수들은 물론이고 일본에서조차 외면했기 때문에 미국에서 인기가 없는 경량급은 한국 선수들의 독무대가 되어 한때 6명의 챔피언을 보유할 정도였다.

중량급 세계 무대에서 힘을 쓰지 못하던 박종팔이 IBF 세계 챔피언에 오를 수 있었던 것도 그런 이유가 있었기 때문이다.

최강철이 WBA, WBC와 달리 IBF 1위에 오른 건 무작위로 랭킹을 올린 IBF 측의 일방적 조치에 의한 것이었다.

태동한 지 4년이 지나도록 IBF가 제대로 힘을 쓰지 못하며 죽을 쓰자 양대 기구에서 서서히 압박을 풀어줬는데 그때를 이용해서 그들은 강한 선수들을 랭킹에 올려놨다.

일종의 무시였다.

아무리 용을 써도 후발 기구인 IBF가 복싱의 양대 축을 이루는 WBA와 WBC를 절대 따라올 수 없다는 자신감이 그런 관용을 베풀게 만들었다.

하지만 의미 없는 관용이었다.

IBF에서 랭킹에 올려놔도 해당 선수들이 콧방귀조차 뀌지 않았기 때문에 랭킹에 있는 대부분의 선수들은 유령이나 다름없었기 때문이다.

*　　　　　*　　　　　*

회장 선거에서 탈락한 후 돈 킹의 적극적인 지원을 받아 WBA에서 뛰쳐나온 IBF의 회장 로버트 리는 고민에 휩싸여 있었다.

원대한 꿈을 가진 채 IBF를 만들었으나 기존 조직들의 반발로 인해 선수 수급이 어려웠고 복싱 강자들이 몰려 있는 중남미와 일본이 참여하지 않음으로써 챔피언다운 챔피언을 보유하기 힘들었다.

오죽하면 초창기에는 퇴물 취급을 받던 전직 챔피언들에게 벨트를 그냥 선물했을까.

그나마 중량급은 덜했으나 미국에서 천대받는 경량급은 아시아에서 유일하게 참여한 한국과 인도네시아에게 챔피언을 전부 배정할 정도였으니 정말 하품이 나올 일이었다.

조직을 창설한 지 4년이 지났지만 아직까지 IBF는 전 세계 복싱 팬들에게 3류 기구로 치부되며 외면받고 있는 실정이었다.

돈 킹에게서 전화가 온 것은 부회장 마이클 샘과 다음 달에 벌어지는 경량급 타이틀전에 대해서 상의하고 있을 때였다.

다음 달에는 한국과 인도네시아에서 2개의 경기가 계획되어 있었으나 자국에서조차 관심을 받지 못해서 흥행이 어려운 상태였다.

챔피언도 변변찮고 도전자 역시 무명에 가까운 놈들이었으니 당연한 일이었지만 이런 상황이 벌어질 때마다 곤혹스러움을 감출 수 없었다.

돈 킹은 그의 가장 커다란 후원자였다.

비록 WBA 신임 회장과 관계가 틀어져 문제가 생겨 그를 지원한 것이겠지만 복싱계에서 그의 영향력은 막대했고 세계 타이틀전에 대부분 관여하며 막대한 부를 축적하고 있었다.

"아이고, 회장님. 어쩐 일이십니까?"

─로버트, 오늘 약속 없으면 저녁에 식사나 같이합시다.

"저녁을요? 어디서요?"

─팔마호텔 레스토랑에서 봅시다. 6시에.

"알겠습니다."

간단한 통화가 끝나자 로버트 리의 얼굴이 굳어졌다.

식사를 같이하자는 것은 뭔가 커다란 일이 생겼다는 것을 의미했기 때문이다.

예측이 되지 않았다.

지금의 그에게는 돈 킹이 만나자고 할 이유가 불분명했다.

팔마호텔이라면 1시간이 넘게 걸리는 곳에 위치했기에 부회장을 뒤에 남겨놓고 급히 자리에서 일어났다.

시계는 벌써 4시 반을 가리키고 있었다.

*　　　　　*　　　　　*

"오랜만이오, 로버트."

"그렇군요. 종종 전화를 드려야 했는데 워낙 바빠서 그러지를 못했습니다. 죄송합니다."

"우리끼리 죄송은 무슨. 그래, IBF는 잘 돌아갑니까?"

"아시는 것처럼 그 자식들이 처음에 워낙 훼방을 놨기 때문에 아직까지 그 여파를 벗어나지 못하다가 이제 간신히 모든 체급의 챔피언들을 배출해서 방어전을 치르고 있는 중입니다."

"힘들지요?"

돈 킹이 불쑥 입을 열자 로버트의 안색이 변했다.

질문의 요지가 이상했기 때문이다. 모든 상황을 알고 있는 돈 킹이 이런 질문을 했다는 건 뭔가 다른 말을 하고 싶다는 뜻이었다.

"괜찮습니다. 이제 자리를 잡기 시작했으니 곧 좋아질 겁니다."

"아뇨, 그렇지 않을 겁니다. 팬들이 IBF 경기는 볼 생각을 안 한다고 하더군요. 그런데 어떻게 좋아지겠소."

"그거야……."

"난 당신을 믿고 100만 달러를 투자했습니다. 왜 그런지 아시오?"

"WBA와 WBC에 경고하기 위해서 그런 것 아니겠습니까?"

"푸하하… 내가 겨우 그것 때문에 100만 달러란 거금을 투자했겠소? 나는 그렇게 어리석은 사람이 아니오. 나는 내 돈을 허투로 쓴 적이 한 번도 없어."

"그럼 무엇 때문에… 돈 킹, 하고 싶은 말이 뭡니까?"

"투자는 말이오, 돈을 벌기 위해 하는 것이오. 그런데 당신이 하는 짓을 보니 너무 답답해서 미칠 지경이야. 이보시오, 도대체 당신 그렇게 해서 언제 내 돈을 갚을 생각이오?"

"이제 자리를 잡기 시작했으니 조금만 참아주시죠. 조만간 좋아질 겁니다."

"4년 동안 원금은 물론이고 이자 한 푼 받지 못했소. 그런데도 무턱대고 기다리란 말이오?"

"회장님……."

"나는 IBF가 최대한 빨리 반석 위에 올라서야 된다고 생각합니다. 하지만 지금 이대로라면 어렵소. 약한 챔피언에 이름조차 없는 놈들을 도전시켜서 무슨 인기를 얻냐는 말이오. 그래서 무슨 돈을 벌어!"

"무슨 복안이라도 있습니까?"

"있으니 왔지."

"궁금합니다. 말씀해 주십시오. 회장님이 조언을 해주시면 따르도록 하겠습니다."

"웰터급의 프레디 아두와 최강철을 붙입시다."

"그건… 그건 곤란합니다. 회장님, IBF가 이나마 버티고 있는 건 프레디 아두가 있기 때문입니다. 우리가 프레드 아두를 챔피언에 올리려고 얼마나 고생했는지 잘 알면서 그런 소리를 하십니까?"

로버트 리가 그동안 공손했던 자세를 풀면서 눈을 빛내자 돈 킹의 얼굴에서 웃음이 번져 나왔다.

이 자식은 가진 건 뺏기지 않고 남의 것은 갖고 싶어 하는 나쁜 성격을 버리지 못했다. 하긴, 지금의 이놈 입장에서는 이해도 되었다.

IBF의 허깨비 챔피언들 중에서 프레드 아두는 특별하게 정상급의 선수였기 때문이다.

프레드 아두는 WBA와 WBC 3위에 올라 있는 강자였는데 지금까지의 전적은 36승 2패, 25KO승 이었다.

로버트 리가 프레드 아두를 설득해서 데리고 올 수 있었던 것은 돈도 돈이었지만 IBF 부회장인 마이클이 그의 삼촌이라는 인맥 관계가 가장 커다란 영향력을 발휘했다.

프레드 아두는 최강철 못지않게 인기가 있는 복서였다.

워낙 저돌적인 인파이팅을 펼치며 화끈한 경기를 했기 때문에 미국의 복싱 팬들이라면 모르는 사람이 없었다.

그는 IBF를 상징하는 웰터급의 챔피언이었다.

"최강철의 인기는 프레드 아두보다 훨씬 좋소. 두 놈을 붙이면 전 세계의 이목을 한꺼번에 끌어올 수 있소."

"당연히 그렇겠죠. 하지만 나는 받아들일 수 없습니다. 솔직히 말하죠. 나는 최강철 그놈을 믿을 수 없습니다. 만약 최강철이 이긴 후 타이틀을 반납하고 WBA나 WBC 타이틀에 도전하면 우린 닭 쫓던 개가 됩니다. 회장님은 새로운 챔피언이 결정되면 WBA나 WBC 쪽에 최강철을 다음 도전자로 만들 거 아닙니까?"

"그건 프레드 아두도 마찬가질 텐데. 그놈이 계속해서 IBF 챔피언으로 만족하겠소?"

"그놈은 다릅니다. 그놈을 스카우트하면서 최소 7게임은 무조건 뛰기로 계약이 되어 있어요. 이제 2번밖에 경기를 치르지 않았기 때문에 아직 5번이나 남아 있단 말입니다."

"그래서… 내 제안을 거부하겠다?"

"돈 킹, 그동안의 도움은 정말 감사하게 생각합니다. 그러나 이 제안은 도저히 받아들일 수 없습니다."

"음… 아직도 상황 파악이 안 되는 모양이군."

"어쩔 수 없어요. 다른 건 몰라도 그것만은 절대 안 됩니다."

"그럼 이렇게 합시다. 타이틀전 포함해서 3게임. 최강철이 만약 이긴다면 IBF에서 3게임을 뛰는 것으로 하지. 어떻소, 매력적인 제안이지 않소?"

"정말… 그렇게 해주실 수 있습니까?"

"대신 마지막 한 게임은 통합 타이틀전이요."

"으… 통합 타이틀전, 그 자식들이 들어주겠습니까?"

로버트 리의 입에서 묵직한 신음 소리가 흘러나왔다.

돈 킹의 말대로 최강철이 통합 타이틀전을 벌여준다면 그로서는 장밋빛 미래가 펼쳐지는 것이었으나 거의 불가능한 일이라는 판단이 들었다.

WBA나 WBC는 IBF를 인정하지 않기 때문에 그렇게 되기 위해서는 수많은 난관을 뚫어야 하기 때문이다.

하지만 돈 킹의 표정은 여전히 여유로웠다.

"그건 나한테 맡기고… 당신은 일정이나 잡으시오. 나머지
는 내가 알아서 할 테니까."

＊　　　　＊　　　　＊

레오나드 보삭과 로하스는 PUB에서 맥주잔을 앞에 두고
앉아 있었다.

두 사람은 6년 전 스탠포드대학의 컴퓨터를 상호 연결 하
는 연구 프로젝트에 같이 참여했다가 친해진 사이였다.

연구에 참여했던 프로젝트는 실패로 끝났고 스탠포드대학은
연구를 중단한 채 모든 지원을 끊어버렸지만 그들은 4년간의
연구 끝에 각 단과대별로 한 대에 10만 달러가 넘는 ARPA네트
워크 기기를 설치하는 대신 네트워크를 완벽하게 상호 연결 하
여 로컬 프로토콜(Protocol)을 접속할 수 있는 운용 코드를 개
발하는 데 성공했다.

레어나드 보삭과 그의 아내인 샌디 러너가 '시스코 시스템즈'
란 회사를 설립했으나 본격적인 사업은 1986년 시스코 최초의
멀티 프로토콜 라우터인 어드밴스드 게이트웨이 서버(AGS)를
출시하면서 시작했다.

모든 게 열악했다.

거의 6년 동안 신용카드와 융자로 연구비를 감당했기에 생활은 피폐해졌고 레이너드 보삭의 생활은 엉망진창으로 변해 있었다.

지치고 힘들었다. 연구에 대한 열정으로 뭉쳐 오랜 시간을 버텨왔지만 가족 간의 불화와 심리적인 고통은 한계까지 도달한 상태였다.

그나마 다행인 것은 최근 들어 어드밴스드 게이트웨이 서버(AGS)가 판매되면서 수익이 발생하기 시작했다는 것이었다.

"보삭, 시간이 참 빨리 지나가지. 벌써 6년이 흘렀네."

"그렇구만."

"표정이 왜 그래. 뭐 안 좋은 일이 있어?"

"휴우… 샌디가… 이혼을 결심한 것 같아. 어제 저녁, 집에 없길래 찾아봤더니 이게 나오더군."

레오나드 보삭이 쓴웃음을 지으며 주섬주섬 안주머니에서 서류를 꺼내 들었다.

그건 이혼 신청 서류였는데 서류를 펴자 선명하게 그의 아내인 샌디의 사인이 적혀 있었다.

"음……."

"아이들까지 데리고 친정에 간 것 같아. 참 착한 여자였는데 더 이상 견디기 힘들었던 모양이야."

그의 눈에서 흘러나온 아픔은 간절한 후회가 담겨 있는 것이었다.

6년 동안 연구 때문에 가정을 등한시했고 연구비와 시설 비용을 대느라 집까지 잡혀가며 융자와 신용카드를 썼기 때문에 아내는 엄청난 고통에 시달려 왔다.

아내 역시 최근까지 그를 도우며 회사 일에 참여해 왔으나 3달 전 아이가 아프기 시작하면서 회사 일을 그만두었다.

아내는 연구와 회사 일로 아이를 제대로 돌보지 못했다는 사실과 경제난에 시달리면서 최근 우울증까지 앓고 있었다.

그럼에도 그는 제대로 아내를 위로하지 못했다.

이미 발을 뺄 수 없는 상황이었기에 그는 아내와 아이들의 고통을 뒤로한 채 온통 일에만 매달렸다.

아내의 이혼 통보는 모든 것이 그의 잘못에서 비롯된 것이었기에 원망하는 마음조차 가질 수 없었다.

"보삭, 어쩔 생각이야?"

"난 샌디를 사랑해. 절대 이혼은 할 수 없어."

"당연히 그래야지. 그런데 우리 사정이 이 모양이니… 자네 앞에서 이런 말하긴 뭐하지만 나도 마찬가지야. 앞으로 좋아질 거라고 아무리 설득해도 캐서린은 믿지를 않아."

"우리가 병신이지, 뭐. 무슨 영화를 보겠다고 이 미친 짓을 해서……. 연구나 하던 놈들이 사업을 한다는 게 말이나 돼. 애초부터 잘못된 것이었어, 애초부터."

"하긴, 자네는 연구나 어울리지 사업과는 거리가 먼 사람이긴 해. 하지만 희망을 잃지 말라고. 이제 수익이 올라오고 있잖아."

"너무 후회가 돼. 너무나……."

레오나드 보삭이 화가 나서 미치겠다는 표정으로 앞에 놓여 있던 맥주잔을 들었다.

그리고는 벌컥벌컥 들이키며 울분을 달랬다.

동병상련이다.

두 사람 다 비슷한 처지였으니 누구를 위로할 여유조차 없었다.

비록 로하스는 투자를 안 했기 때문에 그나마 다행이었지만 없는 형편에 월급도 제대로 받지 못하며 시스코에서 일하는 바람에 아내가 매일같이 잔소리를 하고 있는 중이었다.

로하스의 입이 열린 것은 맥주를 단숨에 반이나 마신 레오나드 보삭이 서류를 접어서 자신의 품에 우겨넣을 때였다.

"보삭, 찾아가 봐. 가서 샌디에게 잘못했다고 빌어. 어쩌겠어. 설득해서 데려와야지."

"나도 그럴 생각이야. 안 본 지 하루밖에 되지 않았는데 벌써 보고 싶단 말일세. 그녀 없이 산다고 생각하면 나는 하루도 버티지 못할 것 같아."

"내일이라도 당장 가."

"내일은 안 된다는 거 자네도 잘 알면서 그래. 먼 곳에서 오는데 약속을 깰 수는 없잖아."

"아, 그 약속이 있었다는 걸 깜박했네. 그런데 그 친구가 우리를 왜 보자고 하는 거지?"

"정확한 건 말하지 않더군. 그냥 투자에 관한 이야기를 상의하고 싶다고 했을 뿐이야."

"전화한 놈이 혹시 사기 치려고 그러는 건 아닐까? 그 유명한 허리케인이 왜 우릴 찾아오겠어. 아무래도 기분이 이상해."

"나도 처음에는 너무 이상해서 의심했는데 워낙 간곡하게 말해서 일단 오라고 한 거야. 진짜 허리케인이 나타나지 않으면 그때 거절해도 되니까."

"그런데 진짜 허리케인이 나타나면 어쩌지. 정말 그가 나타난다면 난 놀라서 기절할지도 몰라."

"그러게나 말이다."

*   *   *

정말 거대한 나라다.

같은 나라의 도시끼리도 시차가 몇 시간씩 차이가 날 정도니 미국이란 나라의 땅덩어리는 얼마나 큰 걸까?

비행기에서 내려 시내까지 1시간 정도 운전하는 동안 세 여자가 떠드는 소리에 정신이 없었다.

이 여행에는 황인혜까지 따라붙었는데 그녀가 델 컴퓨터와의 투자 협약서 초안을 전부 만들었기 때문이다.

"우와, 뉴욕하고 다르네. 도시가 여유가 있잖아."

"나는 샌프란시스코는 태어나서 처음이야. 그런데 정말 예쁘다. 책에서 보니까 여긴 바닷가가 정말 아름답데. 강철 씨, 우리 일 끝나고 바닷가도 구경하자."

"너희 둘만 가지 마라. 우리도 보고 싶으니까. 언니, 우리도 같이 가요."

"싫어. 데이트하는 데는 안 따라가. 눈꼴시어서 그 꼴을 어떻게 보니? 클로이, 그러지 말고 쟤들 데이트하면 우린 다른 데 놀러 가자."

"안 돼요. 감시해야 해. 일하러 와서 쟤들 둘만 황홀한 시간을 보내는 걸 어떻게 봐. 그건 절대 안 돼."

"클로이, 그러지 마. 난 네가 존하고 데이트할 때 한 번도 안 따라갔잖아!"

정말 난리가 아니다.

무슨 할 말이 그렇게 많을까. 세 여자가 서로 떠들어대는 바람에 귀가 다 멍멍해질 지경이었다.

하지만 그녀들의 수다는 시내에 도착해서 약속 장소로 향하자 점점 줄어들기 시작했다.

일 때문에 왔으니 이제부터는 일에 전념해야 될 시간이란 걸 우뚝 솟아 있는 빌딩들이 가르쳐 주었기 때문이다.

샌프란시스코대학을 가로질러 데일리시티로 들어간 후 보삭이 가르쳐 준 삼 층 건물을 찾은 후 근처 커피 파는 곳에 들어가 시간을 보냈다.

아직 약속 시간은 1시간이나 남아 있었다.

"하아, 뎰을 처음 만났을 때도 이랬는데."

"난 아무리 생각해도 모르겠어. 이 회사는 이제 겨우 수익이 생기는 회사야. 내가 미리 확인해 봤는데 작년 매출이 겨우 50만 달러였어. 그것도 순이익은 10만 달러밖에 안 돼."

"알아. 하지만 엄청나게 유망한 회사야. 앞으로 이 회사는 퍼스널 컴퓨터가 본격적으로 보급되기 시작하면 매출액이 크게 올라갈 거야."

"휴우, 우리 강철 씨. 뭘 믿고 이렇게 큰소린지 모르겠네."

"하하하… 우리 회사 이름이 마이더스잖아. 그리고 내가 그 황금 손의 주인인데 그 정도는 기본이지."

"여긴 얼마나 투자할 생각인데?"

"그건 협의를 해봐야지. 그 사람들한테 자세한 이야기를 하지 않고 무작정 왔기 때문에 협의를 해봐야 해. 자, 들어가자. 시간 됐어."

최강철이 먼저 움직였고 그 뒤를 여자들이 따랐다.

시스코는 건물 2, 3층을 쓰고 있었는데 낡았지만 비교적 깨끗한 편이었다.

문을 열고 들어서자 소파에 앉아서 커피를 마시고 있던 30대 중반의 남자들이 자리에서 벌떡 일어나는 게 보였다.

그들은 최강철이 들어서자 놀라는 표정을 숨기지 못했는데 그 뒤로 아름다운 여자들까지 본 후에는 제대로 말문을 열지 못했다.

"아니, 저… 허리케인, 진짜 허리케인 맞군요."

"미스터 보삭, 반갑습니다."

"우와, 내 눈으로 직접 허리케인을 보게 되다니 꿈을 꾸는 것 같습니다. 정말… 이게 꿈인지 생신지 모르겠네요."

"인사하시죠. 여기는 저의 동료들입니다."

"안녕하세요. 말씀 많이 들었어요. 반가워요."

세 명의 여자가 일제히 손을 내밀자 두 남자가 얼떨결에 악수를 하고는 슬그머니 뒤로 물러났다.

예나 지금이나 남자들은 아름다운 여자들에게 약한 법이다.

뒤늦게 정신을 차린 레오나드 보삭이 부랴부랴 소파에 자리를 마련하고 커피를 가져온다며 수선을 피웠다.

본격적으로 이야기가 시작된 건 자리가 정리되고 간략한 인사와 소개를 끝난 후부터였다.

"보삭, 전화로 간단하게 말한 것처럼 나는 당신들의 사업에 투자를 하고 싶어서 왔습니다."

"계속해서 궁금했는데 아직도 영문을 모르겠습니다. 허리케인, 당신 우리가 무슨 일을 하는지 알고나 투자를 하겠다는 겁니까?"

"당연히 알고 왔죠. 두 분이 개발한 건 컴퓨터 연결망을 구축하는 장비 아닌가요?"

"그걸 어떻게… 혹시 우리들에 대해서 조사를 했나요?"

"당연한 거죠. 투자를 하기 위해서 조사는 기본입니다. 나는 당신이 무척 어려운 상황에 있다는 것도 알고 왔습니다. 작년 매출액이 50만 달러고 순이익은 10만 달러 정도 되더군요. 당신이 가지고 있는 융자 금액이 합해서 30만 달러라는 것도 압니다. 내년 2월까지 빚을 갚지 못하면 저당 잡힌 집이 날아간다는 것도요."

"음……."

"원래 사업 초기는 전부 어렵게 시작하는 겁니다. 하지만 좋은 투자자를 만나게 되면 그 어려움은 금방 사라지게 되죠. 저희 회사는 좋은 투자자의 조건을 모두 갖추고 있는 회삽니다."

"허리케인, 개인이 투자하는 게 아니라 회사가 투자하는 겁니까?"

"그렇습니다. 이분이 대표로 있는 마이더스 CKC의 이름으로 투자가 진행될 겁니다. 마이더스 CKC는 투자 전문 회사로서 상당한 자본금을 가지고 있는 유망 기업입니다."

"혹시 얼마를 투자하려는 건지 알 수 있을까요?"

"그건 지분에 따라서 다르죠. 먼저 묻겠습니다. 보삭, 저희에게 얼마까지 지분을 양도하실 수 있습니까?"

최강철이 되묻자 레오나드 보삭과 로하스의 눈이 급하게 부딪쳤다.

투자에 대한 상담을 목적으로 온다는 것을 알았지만 이렇게 세부적인 사항까지 진행될 줄을 몰랐기 때문이다.

두 사람의 고민은 길지 않았고 먼저 입을 연 것은 보삭이었다.

"우리가 50%의 지분을 드리면 얼마를 투자할 수 있죠?"

"저희가 분석한 바에 따르면 시스코의 현재 가치는 모든 것을 합한다 해도 100만 달러에 미치지 못합니다. 물론 기술 개발에 대한 포지션은 제외하고 산정한 것이죠. 어떻습니까, 저희 분석이 잘못되었다고 생각하시나요?"

"음……."

잘못될 리 없었다.

그들은 시스코의 현재 가치를 생각해 본 적도 없지만 100만 달러는 터무니없이 많은 금액이었다.

하지만 보삭은 이를 악물고 최강철의 말을 부정했다.

"현재 가치는 그럴지 몰라도 미래 가치는 다릅니다. 우리 시스코의 미래 가치는 무궁무진하단 말입니다. 벌써부터 기업들로부터 시스템 구축에 대한 문의가 빗발치고 있는 상태요. 그러니 현재 가치로 투자 금액을 산정하겠다면 나는 동의할 수 없습니다."

"당연한 말씀입니다. 그래서 보삭은 50%의 지분에 대해서 얼마를 생각하시는 겁니까?"

"미래 가치와 더불어 기술 개발 비용이 포함되어야 합니다. 우리는 6년이란 긴 시간 동안 이 기술을 개발하기 위해 청춘을 바쳐왔단 말입니다. 그러니 300만 달러 정도면 생각해 보겠습니다."

"이봐, 보삭… 그건 너무……!"

"가만히 있어!"

로하스가 듣고 있다가 황당하다는 표정으로 급히 입을 열자 보삭이 손을 치켜들어 완강하게 그의 입을 틀어막았다.

그러고는 곧장 최강철을 향해 시선을 고정시킨 후 답변을 강요했다.

하지만 최강철은 빙그레 웃으며 그의 시선을 자연스럽게 비껴냈다.

"미스터 보삭, 당신의 뜻이 어떤 건지 충분히 알겠습니다.

그러나 알고 계셔야 되는 게 있습니다. 우리는 투자를 하기 위해서 온 것이지 자선을 하러 온 게 아닙니다."

"나는 그 금액에서 한 푼도 내릴 생각이 없습니다. 대신……."

"대신 뭡니까?"

"경영권을 내드리지요. 50%의 지분과 경영권이라면 괜찮은 조건 아닙니까?"

"그럼 당신은 어쩌시려고요."

"경영은 당신네 쪽에서 하고 나는 기술 담당 부사장 자리를 맡겠습니다. 계속 고민해 왔지만 아무래도 경영은 나와 적성이 맞지 않는 것 같아요. 이 회사를 키우든 말아먹든 당신들이 알아서 하세요. 그러면 내가 부사장 자리를 맡아서 기술적인 부분들을 해결하면서 돕겠습니다."

"음… 300만 달러는 너무 큽니다. 경영권을 넘기신다니 55%를 주셔야겠습니다. 그러면 투자를 하겠습니다."

시스코의 미래 가치를 감안한다면 300만 달러란 금액으로 경영권과 지분의 55%를 확보한다는 건 기적에 가까운 일이었다.

그럼에도 배짱을 부린 건 그들의 태도에서 약세를 확인했기 때문이다.

확신을 하고 있는 자와 의심을 가진 자의 싸움은 언제나 확신을 가진 자의 승리로 끝나는 법이다.

결국 보삭의 얼굴이 일그러지면서 고개가 끄덕여졌다.

예상했던 것처럼 레오나드 보삭은 더 이상 견디지 못하고 300만 달러의 제안을 받아들이고 말았다.

큰 협상이 끝나자 최강철은 협상 테이블에서 일어섰고, 대신 미녀 삼총사가 나서서 투자 협약에 관한 세부 내용을 정리하기 시작했다.

서지영과 황인혜는 델 컴퓨터에 지분을 투자하면서 세부적인 업무 내용에 빠삭했고 클로이 역시 마이다스에서 기업 투자 관리을 전담했기 때문에 실무적인 부분에 능통했다.

최강철은 세부 내용 협의를 그녀들에게 맡기고 자리에서 일어나 멀찍이 떨어져 창문 밖으로 보이는 풍경을 바라보았다.

전혀 생각하지 못한 일이 발생하고 말았다.

지분을 확보해서 수익을 올리겠다는 생각으로 왔는데 레오나드 보삭은 아예 경영권까지 넘기겠다고 했기 때문에 생각이 많아질 수밖에 없었다.

머리가 무섭게 회전하기 시작했다.

아무리 생각해도 이건 자신에게 있어 천재일우의 기회라는 판단이 들었다.

좋다.

새로운 패턴의 투자였으나 어쩐지 조금의 두려움도 느껴지지 않았다.

  시스코를 장악하는 건 전문 경영인을 앞장세우고 어둠 속에서 세계를 움직여 나가는 그림자 경영의 첫 출발이었으니 기꺼이 그 바다를 향해 몸을 던질 생각이다.

『기적의 환생』 5권에 계속…

초대형 24시 만화방

신간 100%, 샤워실, 흡연실, 수면실(침대석), 커플석, 세탁기 완비

▪ 광명 광명사거리역점 ▪

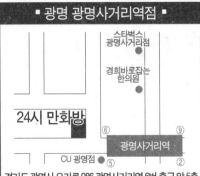

경기도 광명시 오리로 986 광명사거리역 6번 출구 앞 5층
02) 2625-9940 (솔목타워 5층)

▪ 강북 노원역점 ▪

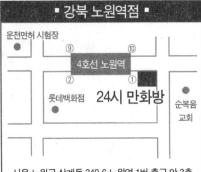

서울 노원구 상계동 340-6 노원역 1번 출구 앞 3층
02) 951-8324 (화용빌딩 3층)

▪ 일산 정발산역점 ▪

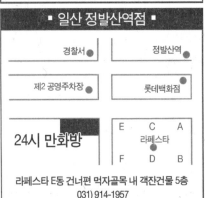

라페스타 E동 건너편 먹자골목 내 객잔건물 5층
031) 914-1957

▪ 일산 화정역점 ▪

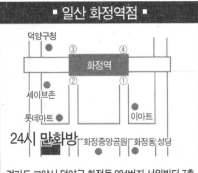

경기도 고양시 덕양구 화정동 984번지 서일빌딩 7층
031) 979-4874 (서일사우나 건물 7층)

▪ 부천 역곡역점 ▪

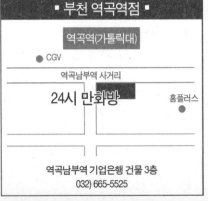

역곡남부역 기업은행 건물 3층
032) 665-5525

▪ 부평역점 ▪

(구)진선미 예식장 뒤 한신포차 건물 10층
032) 522-2871